不完美爸爸

[美] 盖瑞·伯森 著
唐乃馨 译

中信出版集团 | 北京

图书在版编目（CIP）数据

不完美爸爸 /（美）盖瑞·伯森著；唐乃馨译 . --
北京：中信出版社，2022.9（2024.9 重印）
书名原文：How to Train Your Dad
ISBN 978-7-5217-4370-8

Ⅰ.①不… Ⅱ.①盖… ②唐… Ⅲ.①儿童小说－中
篇小说－美国－现代 Ⅳ.① I712.84

中国版本图书馆 CIP 数据核字 (2022) 第 142538 号

不完美爸爸

著　　者：[美] 盖瑞·伯森
译　　者：唐乃馨
出版发行：中信出版集团股份有限公司
（北京市朝阳区东三环北路27号嘉铭中心　邮编　100020）
承 印 者：北京盛通印刷股份有限公司

开　　本：880mm×1230mm 1/32　　印　　张：4.25　　字　　数：100 千字
版　　次：2022 年 9 月第 1 版　　印　　次：2024 年 9 月第 6 次印刷
京权图字：01-2022-3419
书　　号：ISBN 978-7-5217-4370-8
定　　价：28.00 元

我心怀愉悦与感激，将本书献给我的朋友们：

韦斯·亚当斯

摩根·拉思

凯蒂·奎恩

克丽丝滕·卢比

玛丽·范埃金

奥利维亚·奥利克

肖恩·福代拉

梅利莎·瓦滕

莱利亚·曼德

安妮·豪斯勒

特丽莎·普雷维特

克莉丝汀·杜拉尼

乔丹·温奇

凯特琳·洛斯

凯特·奥古斯丁

还有 FSG 出版社和麦克米伦出版社的诸多朋友，

是你们让这本书的创作之旅如此激动人心。

目录

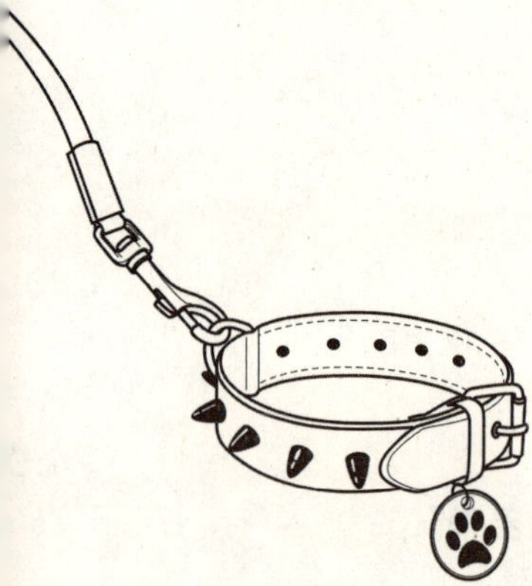

1

垃圾箱智慧

正式开始之前，请允许我先简单介绍一下自己。否则你可能搞不懂事情的来龙去脉，也找不到重点。

开始啦！

我叫卡尔·嗨嘿嘶喂嗬。没见过这样的姓氏吧？其实我也不太确定它的读音。我爸说，我的名字是妈妈给取的。因为得了一种病加上一堆并发症，她在我6岁的时候就去世了。我隐约记得，妈妈是个很好的人。爸爸也说她很棒，但每每提起她，爸爸就会想起妈妈已经去世的事实，然后伤心不已，所以我们几乎不怎么谈论妈妈。换个话题吧——妈妈以前会叫我“卡利”，你想这么叫也行，但在我出生之前就已经有一个叫“卡利”的了，那是个女歌手，而我是个男孩儿，还五音不全，所以，为了防止混淆，你还是叫我“卡尔”吧。

现在你知道了，我叫卡尔，不会唱歌，12岁半，跟同龄的男孩子没什么两样——脸上时不时地冒个青春痘，发型不酷，近视的“四眼仔”。至于我的外形，我总觉得它似乎属于一个不太喜欢我的人。

另外，我不太擅长体育（实际上已经到了不想再尝试的地步）；成绩嘛，中下等（我有时候喜欢上学，有时不喜欢）。因为没有兄弟姐妹，所以只能靠我来搞清楚爸爸这个人（后面你会看到）。最后，我之所以写这本书——用爸爸的话说——是因为我很富有。

但其实没有。

我跟“富有”根本沾不上边儿。

可爸爸不觉得。

我算服了他了。

暑假的第一周，我和爸爸在商场的食品店后面，坐在垃圾箱的边沿往下瞅，苍蝇在周围飞来飞去，大概有13万2000只吧。我们之所以会坐在这里，是因为爸爸说，食品店会扔掉很多品质不错的食物，我们是来“抢救”食物的。这时候，他突然一本正经地说：

“你看，我们的生活很富有。”

真的，这是他的原话。

还是我们在垃圾箱里翻食物的时候讲出来的。

如果这还不够离谱，你可以感受一下我们的生活环境：镇子外面有一条河，河边有5英亩[①]泥巴地，脏兮兮的，旁边有4棵

① 1英亩约为0.4公顷。（如无特殊说明，本书注释皆为译者注。）

树（感兴趣的话，你可以过来数一数）——我们的小拖车房就安置在这里。树并不高大，也没有阴凉儿，就只是4棵弱不禁风的树，旁边就是我们那间邋里邋遢的半挂式拖车房。房子通了电，装了电视，但爸爸从来不看。我们也能上网，只不过是从附近一个搬家仓储公司的仓库蹭来的信号，而爸爸也从来不上网。我们有一间畜棚，里头养了两头猪和若干只鸡，可能是11只、12只、15只，也可能是4只——数量每天都在变化。因为有时候一些鸡（机灵的）会自己离开；而有些鸡不太机灵，即便逃走了，也还是会回来（真是搞不懂），有时甚至会带回新成员。从哪儿带回来的呢？我一点儿头绪都没有。除了之前提到的那间仓库，我们住所附近只有一家塑料袋厂、一家预拌混凝土厂、治安官的货物扣押处、一个校车停靠站、一家办公设备批发厂、一个货运中转站，还有一个城市垃圾车的车库。周围没有养鸡的邻居，实际上连住人的房子都没有。

我们的居住环境怎么样？够"富有"吗？不够的话，再给你来点儿猛料——我们有一辆1951年款雪佛兰半吨载重皮卡货车，停在拖车房边儿上的泥巴地上，是用回收来的零件重新组装修复的。车上遍布着深深的凹痕，下过雨后，发动机盖上就会出现一堆小水坑（总而言之，这辆皮卡是款不朽的经典——反正我爸是这么说的）。我们的生活到底有多富有，这会儿你应该了解了吧！

信不信由你，这辆皮卡上有一台老式调幅收音机，爸爸说它里面用的不是晶体管，而是真空电子管，所以开启后不能马上出声，得预热[①]。收音机好使，但似乎只能收听乡村音乐和某些语音节目——一帮疯子叫卖《圣经》英雄签名照。他们语速飞快，声嘶力竭，我的耳朵都要被他们震出血了。

对了，我们还有一座粗放经营的菜园，面积挺大的。爸爸找来一个旧水泵，修好后，我们用它抽取河水，养护园子——爸爸是个名副其实的能工巧匠，他能把坏东西修好，让它们变得经久耐用（那辆旧皮卡就是个例子）。

我们平时吃的所有蔬菜都是自己种的，只是有时候能尝出些化学溶剂味儿（真的！），我们认为附近的厂房是罪魁祸首，他们向河里非法倾倒了废料。人不吃的东西我们会拿来喂猪，比如土豆皮和园中植物修剪下来的枝叶，还有食品店垃圾箱里淘来的食物。每年秋天都会有个男人开着一辆小货车过来，把猪拉走。

一周后他还会回来，把裹着白色蜡纸、贴上了标签的猪排、培根和火腿送回来。我们会把这些食物放进一个旧冰箱（和前一页的 1951 年款雪佛兰皮卡、这一页的水泵一样，它也是一个经爸爸修理后再次投入使用的物件）里，随后就把猪作为个体而存在的“猪格”抛（也就抛了一点点）在脑后了（这也是为什么我们从来不给猪取名字）。而在接下来的一整年里，我们都能吃上肉。

① 老式调幅收音机用的是电子管，开机后不能马上出声，要预热几分钟。20 世纪 50 年代，晶体管收音机才出现。

爸爸说，不管你吃的肉是从商店买来的，还是自己养出来的，对猪来说结局都一样。如果你吃的是自己亲手养大的猪，你不太可能成为自诩高尚的伪君子，而且了解肉的品质，吃起来也放心。自己种的番茄、自家母鸡下的蛋也是一样的道理。不过，养猪吃肉的整个过程还是令我爸忧心，每次小货车过来运猪，他都会背过身去，不想看着它们离开。

啵嘚，我最好的朋友。我们每天都见面，不上学的时候也一样。他说相比他家，他更喜欢我家（后面我会详细说这件事）。他的真名叫彼得·哈斯克尔，但他坚持让别人叫他“啵嘚”。因为很早以前有个电视剧演员也叫彼得·哈斯克尔，扮演过许多名不见经传的小角色，啵嘚不希望大家搞混。

总之，因为我们养猪的方式、吃肉时内心的不安，啵嘚说我和我爸几乎就是严格素食者（至少是普通素食主义者）。而啵嘚平时吃的是热狗、苗条吉姆牌汉堡和炸鸡块（用他的话说，鸡块是“压制而成的肉泥”。“压制”这个词用得好，炸鸡块就是把没用的碎肉注入模具里压实，再经油炸制成的）。他从来没有——是真的没有——吃过快餐、罐头、外卖以外的食物。在他眼里，素食主义基本可以和不理智的宗教崇拜行为画等号。

啵嘚说，即便我成了一个彻头彻尾的健康食品狂，我们也依然是最好的朋友，但他会和我保持距离，防止被我的喷嚏溅到，这样他就不会被我“传染”了。

啵嘚的话并没有冒犯到我，但我却开始和他保持距离了，因为我担心他的饮食爱好也会传染，让我爱上“压制而成的肉泥”。有一次，我眼看着他吃掉了一大罐灰突突的维也纳小香肠。他用手指把香肠一根一根捞出来送进嘴里，最后还把罐子里的汤喝了。我瞥到罐子外面标注的原料表——可别吓到你——“肉类副产品”。我爸说，嘴唇、眼睑、鼻子和身体其他开孔处的皮肤都算肉类副产品，甚至还包括公路上被撞死的动物——这么说吧，如果看到“肉类副产品”这种模糊的说辞，你就得承认，那里面有什么东西都不奇怪。我爸说，经过屠宰场的处理之后，那些没用的“副产品”会被送到大型的食品加工厂，经过大型研磨机的研磨和挤压机的压制，嘭的一声，你的“肉类副产品”就做好了。

我爸说，所谓“大口吃肉”的时候，你永远都不会知道自己究竟把什么吃进了肚子里。

我之所以聊到了被工业废料污染的蔬菜、来源不明的肉制品，并不是想让你犯恶心，只是想让你更了解我爸和啵嘚，了解他们的想法，因为他俩在接下来的故事里很重要。

现在你知道我是谁了，还有我爸、啵嘚以及我家的鸡。哦，对了，还有我家的狗卡罗尔，一只“回收”来的比特犬。我们发现它的时候，它正在镇子某处的路边一瘸一拐地走。那里可不是什么好地方，如果不想惹上麻烦，你最好别去。

卡罗尔身上伤痕累累，遍布着坏人强迫它进行非法斗狗比赛留下的伤疤。它对我们很好，只要觉得是我们的东西，它都会好生保护，包括和我们相处亲密的人，但多数时候，它保护的也就是烤面包这些东西。此外，如果哪只臭鼬胆敢沿着河边溜过来偷我们的鸡，它准会把臭鼬大卸八块，撕扯得满院子都是。整个夏天，这种事情每周都至少要上演一次，所以它身上总是臭烘烘的，苍蝇都躲着它飞。

我爸很爱卡罗尔，但也了解它的凶残。他眼里的卡罗尔会坐在我们的小门廊上审视它的领地，观察着，等待着，直到被它看作威胁的事物出现，然后全力出击。他眼里的卡罗尔像一只可爱的陆栖大白鲨，用他的话说，如果你有本事把卡罗尔举起来往它嘴里看，你能一眼望到它的屁股。他眼里的卡罗尔还是个直性子杀手，但这名杀手却碰巧喜欢像人一样坐在沙发上，喜欢被人抱，喜欢看电视，喜欢仰面睡在你身边，睡着后还会像个老酒鬼一样打鼾。

谁能不爱它呢？我爸说。

现在你大概已经了解了——我爸是个大好人。一点儿没错。

他善待生活中遇到的每一个人，也一直对我很好。也正是因为这样，我接下来的做法可能会让你感到困惑——由于他的脑回路开始让我抓狂，让我饱受折磨，让我再也受不了他以及我们的生活方式，我决定采取一些措施。

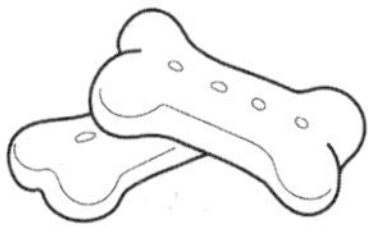

2

变富有的两种方法

问题（总是因为存在某个“问题”，所以某些事情必须有所改变，是这样吧？）在于，我爸有他自己的——怎么说比较合适呢？——生活哲学。是的，就是这个词。对他自己来说，他所仰赖的生活哲学是很有意义的，但却和我们其他人对生活的看法不太一样。

就好比他说我们很富有。

他认为，钱就像被储存起来的人体能量。如果你有足够的能量可以使用，为什么还要赚取和积攒那些没用的纸币呢？——有时候他甚至把钱称作“哎塔资”[①]，他说这是我们的祖先在中世纪的时候使用的一种货币——绕开钱，不用就好了啊。

他这个逻辑挺奇怪的，因为我们好像根本就没有钱，何谈“不用”呢。但我爸不是很在意，或者说压根儿一点儿都不在意，因为他是真的相信我们很富有。不但不穷——虽然在我看来我们

---

① 原文为 ertogs，古挪威的一种货币单位，流行于 10—14 世纪，根据古挪威的重量系统铸造。

确实很穷——而且简直活得太好了。他四处打零工，以物换物。

这么说吧，给佩特拉基斯夫人清理、重刷完屋后的小阳台，我爸没赚到钱，但佩特拉基斯夫人送了他一些自家做的果仁蜜饼和三锅希腊茄盒，那三口旧铝锅还能用，也留给我们了。希腊茄盒是一种很饱腹的食物，还能冷冻保存，可以吃很久。

一到下雨天，阿特金森先生家的车库就会漏水，房顶被泡了个洞，还长了一圈霉菌。我爸去帮忙修补，给房顶安装干燥板，干完活儿后也没拿报酬，但带走了一整套的套筒扳手，反正阿特金森先生那个不中用的儿子也不配继承这套工具——他不太精通手艺活儿，也从不打电话回家问候一声，看他老爹的生活有没有不便之处。

所以，暑假第一周我们坐在垃圾箱边上，我爸说我们很富有的时候，有些出乎我的意料。但说实话，并不是因为他说的内容，而是因为他说这话的时机。接着他又说，这就是他所谓的“合时宜的历史视角”，也就是说，想看清楚一个问题，关键在于将它与过去的事物进行比较。

“我们现在的生活比过去的欧洲宫廷还要好，中世纪城堡里的国王也比不上我们。”他这么说。当时我正挨着他坐在垃圾箱边沿数苍蝇，用余光搜寻着可以拿回家喂猪的食物，心里想着等把猪养大了，我们就可以在那辆小破拖车房里吃猪肉了。

“你怎么知道？”

我知道，不管我提不提问，他接下来都会滔滔不绝地分享他对财富的看法。我只需要悉心聆听就可以了。

“他们没有电，也就没有冰箱，也就是说，许多食物会因此而变质。我们就不用面临这个问题。”他停顿了一下，我知道，他想起了那台被他修好后重新投入使用的冰箱，“另外，我们还有自来水和一个能排掉粪便的厕所，这避免了很多疾病的发生。”

“哦。”我说。他已经从现代金融扯到了古代排水系统。真希望这次谈话能赶紧结束。

可我没那么好运，他依然滔滔不绝。

“你就不想知道古人是怎么大便的吗？”

“呃……”

“他们会在城堡的高墙上开一个洞，建一个小台子，然后坐在上面，那个啥……他们把这东西称作‘长距坠便器’，因为它是靠重力工作的。”他沉思着，点了点头又继续说，“他们的排泄物，最后大多会落进护城河里，这可算不上讲卫生的处理方式。但如果有敌人想进攻城堡，只要升起吊桥就可以了，敌人一定会在护城河前犹豫，不敢渡河入城。”

虽然想法很奇怪，但我爸确实有很强的实践能力。我们虽然不大可能拥有自家的城堡和护城河，但如果真的有，我爸绝对能对它们进行适宜的维护和保养，这一点我无须担心。鉴于他对卡罗尔和它杀死臭鼬的行为赞赏有加，他对这种古老的排水系统持赞美态度也就合乎情理了。对我爸来说，这二者都算是实用的家庭保障策略。

我爸关于公共卫生的论述彻底征服了啵嘚。但没什么好奇怪的，他觉得我爸是天才，简直把我爸当成神一样崇拜。而且，啵嘚绝不会放过任何一个谈论身体机能的机会。所以，当我跟他说起长距坠便器的时候，他点了点头，说："你爸说的是'下水道鳟鱼'。"

"你说啥？"

"排水系统工作人员的用语。意思是，我们拉进马桶里的排泄物就像河里的鳟鱼一样，顺着下水道往下游。"

我一阵恶心。整个下午都在食品店垃圾箱里给猪淘货，把蔫答答的生菜叶和黑黢黢的香蕉收进桶里，鞋子上残留的气味本来就让我有些想吐了，还要在这里听他讲排泄物。

啵嘚却面带微笑。很显然，我爸这位偶像的渊博学识让他引以为豪，他可能还纳闷儿我为什么不抓住大好的机会，通过人类的粪便向那位显然做过些研究的专家学一些关于城堡防护的知识。

他的脑回路跟我爸很像，他说话的时候也喜欢跑题，他认为我们在学校里学不到但很有必要了解的知识是最有趣的，而这些知识我爸全都知道。

不过呢，凡此种种都无关乎我和我爸之间的真正问题，那就是，他认为——不，不是认为，他是真的相信——我们很富有。但这不是真的。

放在以前，这件事我其实也不怎么在意，只是后来……

一个女孩出现了。

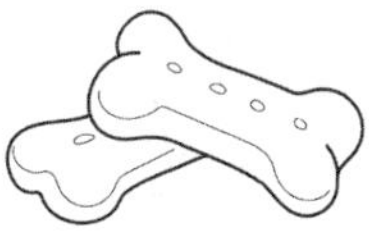

3

生活就这样继续着

哦，不是一个女孩。而是那个女孩。

她叫佩吉，有一双绿眼睛，像一潭深水，留着一头浓密的红发，鼻子两侧的雀斑数量一致，连排列位置都是对称的。我们在同一所学校，同一个年级。每个人都喜欢她，我从来从来从来都没有见过她刻薄待人、发脾气或是假惺惺的。依我看，这种品质在中学里简直算得上奇迹。学期的最后一天，我在学校走廊里听到她的笑声，随即神魂颠倒地喜欢上了她。其实她的笑声我已经听过无数次了，因为打从幼儿园起我们就认识。直到啵嘚说了……嗯，说了“灵魂伴侣”这个词，我才开窍。

只不过，佩吉不知道我的存在。我是说，她不会想花时间跟我这种家伙待在一起。

可我真的想让她注意到我，想成为一个她愿意与之相处的人，而这就是我和我爸之间的主要问题。

因为我们的生活方式。

我们的生活方式让我无法成为那样的人。

按照我爸的理论，我们比中世纪的国王还要富有，也不需要面对护城河里的粪便问题，但我们没有“哎塔资”，或者说没有钱，也没有比特币，没有现代社会里能被称作财富的东西。也因此，我不能，也做不到，花很多钱买好看的衣服或是其他能让我在社交中被认可的东西。

别说认可了，我甚至一点儿存在感都没有。

啵嘚说我不是块帅哥的料。曾经还说过我是怪胎。但他那时候正处于英式文化迷恋期，经常说这个“怪胎”，那个“棒呆”，还张口闭口不离“板球”。①

他对一种事物的迷恋期通常只有一个星期，但有一个例外——他确信自己是维京海盗的后裔，急需一片海岸供他劫掠。最终，他决定在午夜时分偷袭乌尔夫·彼得森的园子，在里面偷番茄，像吃苹果那样大嚼特嚼。对此，啵嘚是这样解释的——因为维京人都是硬汉，他们就是这么吃番茄的，呲溜着一口吞下，汁液顺着下巴流到胡子里。只可惜他没有胡子。可是还没碰到番茄，他就被乌尔夫·彼得森抓住了。乌尔夫·彼得森是一个狂热的菜农，园子里的浣熊一直让他很头疼。那天晚上，他正好坐在黑暗里等着捉拿浣熊，最后却逮到个“维京劫掠者”。当愤怒的菜

① 啵嘚口中的“怪胎”（dotty）、“棒呆”（smashing）皆为英式词语。板球是英国的一项传统运动。

农将锄头柄挥向“维京人”的屁股时，啵嘚明白了，维京硬汉也是会疼的。

我爸说，没有能让自己融入环境、在佩吉面前变帅的衣服，这没什么大不了的——他当然会这么说——这些东西只是为了装样子，这样活着，就像活在电影布景里，浮华炫目，但内里空空。我们的目标——没错，依然是他单方面的想法——是高品质的内在。

想解释我爸眼里的我们，和他所谓的“品质”，有一个很好的例子。

我梦想着拥有一辆外观好看、功能多样的自行车。小时候我就会骑自行车了，甚至玩过一段时间小轮车。但我还是想要一辆时髦的 21 速旅行自行车，骑着它去各种地方。当然，也是为了引人注目，变帅一些。

但这得用钱买。

真正的钱，由政府发行、法律准许，是经济体系里认可和流通的货币。

然而，一辆崭新的、相对优质、功能齐全实用的自行车，可能得花上好几百美元。如果你追求极致，想买一辆超级棒的旅行自行车，甚至得花两三千。

我不想花那么多钱——因为我知道我们肯定拿不出那么多钱——但我真的想要一辆漂亮、牢固的自行车，好在夏天的时候骑着它去冒险，秋天骑着它去上学，这样我至少能融入大家，甚至得到关注。在学校，第一声上课铃响起之前，自行车停放处总是聚着一帮孩子，我至少能试着加入他们，一起聊聊天什么的。我说的“孩子”……其实就是佩吉啦。要是乘校车上学，下车的时候，我身旁不是埋头读书的书呆子，就是情绪激动的捣蛋鬼，这可不是我脑海中的炫酷场面——想象中，我应该骑着我的21速旅行自行车去学校，双手不扶车把，身体随意地向后歪着，然后酷酷地点头致意，自信满满地对聚在学校前门的每个人挥手。我说的“每个人”……自然还是佩吉啦。

不过，在我提出想要一辆自行车之后，我爸让我坐下，拿了笔记本和铅笔过来，说道：“都需要什么零件，我们来记一下。”

我服了，彻底服了。但即便这样，我还是抱着一线希望：“我知道我们买不起特别贵的那种……”

“告诉我，你想要，或者说需要一辆什么样的自行车。”他总是提醒我反思自己：“儿子，‘想要’不同于‘需要’。你得确保你说出来的话能表达你内心的真实想法。”

“告诉我，你觉得你需要的是什么，”他又说了一遍，“我们一起解决这个问题。”

和他说话的时候，我总是担心发生这种状况。事实如我所料，这次他也还是一样。我们——其实是他——要“解决”这个问题。用体力，而不是钱。

我决定放弃挣扎，就写了个清单递给他，然后就该干吗干吗去了。我了解他的时间安排有多随意，也知道自己对这辆自行车的需求有多迫切。我太了解他了，我知道他肯定不会花钱给我买，甚至可能会完全忘记这件事。我改了主意，打算想办法找份工作，自己攒钱买一辆自行车。

我把这个想法告诉了啵嘚。那会儿我们正坐在河边，打算抓些鲇鱼。他得知我的计划后，只是弯了弯嘴角，微微一笑，好像他只是听了个笑话——但他总是会那么笑——可能他心情不错吧，因为他刚在一个车库甩卖会上买了一架超棒的小型无人机，除了轻微的划损、没有使用说明书，其他一切完好。

啵嘚说，他想把青蛙绑在无人机上飞，没准儿能创下活体青蛙飞行高度的新纪录。

那段时间里，我们忙着抓鲇鱼、玩无人机，与此同时，我爸也在做他自己的事，身为一个父亲要做的事——消耗人体能量，而不是钱。

镇子北部的边缘住着一个老人，名叫奥斯卡，他的家破破烂烂的，对比之下，我们家反倒显得豪华了。我一直不知道他姓什么，大家都喊他"老奥斯卡"。也可能从来没有人愿意跟他打交道，询问他的姓氏，因为他显然从来都不洗澡，甚至连衣服都不洗。他从我身旁路过的时候，我会这样联想——他留下了一片绿色烟雾，里面裹着各种各样的飞虫，让人想起废弃的猪圈、被太阳晒了一星期的变质土豆泥沙拉，或是被你遗忘在冰箱角落里的生鸡肉。我可是经常跟一身臭鼬味儿的比特犬一起睡，所以真不是我夸大其词。不过，他有 10 英亩左右的地，里面脏兮兮的，灌木丛生。有人把这里称作“废物小院”甚至“垃圾场”，但其实不太准确，因为他从来没有，绝对没有扔过任何一件东西。后来人们发现老奥斯卡是个囤物癖，就开始把那些从地下室、阁楼或车库中清理出来的杂物拿给他。

对于大家拿来的东西，老奥斯卡来者不拒。他会朝后院的方向点头示意，然后告诉人们：“那里有些跟你手上拿的差不多的垃圾，把东西丢那儿就行了。”

我百分之百确定，每次啵嘚说他在车库甩卖会上买到了什么东西，基本都是从老奥斯卡的废物小院里翻来的。他只是假装不喜欢那堆东西，因为他知道我爸是老奥斯卡的头号顾客，也知道我对此的感受（参见第 3 页的旧皮卡和第 4 页的水泵、旧冰箱）。

当我们看到我爸从老奥斯卡的住处回来，从卡车上卸下一个箱子的时候，啵嘚马上想到了一个可能弄到钱的办法：“奥斯卡那里有成堆的废物，都是人们不再需要的东西。我有一种直觉，如果我们找一堆垃圾好好挖一挖，没准儿能发现一两件古董之类的……”

如今，奥斯卡垂垂老矣，他将毕生精力都用在了囤积这件事上。那块 10 英亩左右的地界里散布着许多个独立的巨型垃圾堆——一个堆满炖锅和平底煎锅，一个满是炉灶、坏了的热水器，还有一座老式洗碗机堆成的塔；还有不少流浪猫的藏身处（所以，给漏水的洗碗机寻找零部件的时候，你还可以为自己挑选一只新宠物）；院子边缘，废旧自行车乱成一团，起码堆了 30 英尺[①]高。

就是这么个情况。

我爸非常喜欢老奥斯卡和他那堆垃圾，因为它们完全契合“花费体力而不是金钱”的生活哲学。在我爸眼里，老奥斯卡和他的“物资供应地”（我爸用的就是这个词儿，不是“废物小院”，不是“垃圾场”，也不是“有潜在危险的囤积场”，而是“物资供应地”）简直太有用了，为了说明这一点，请允许我再次请出我们那辆经典皮卡——重组这辆车用到的所有物件都是我爸从老奥斯卡那里一件一件翻出来的。但我得重申一点，尽管这辆皮卡运行完好，省油，分文没花，但它看上去——按照啵嘚的说法——只是一件稍微被“加热”的垃圾。

不是我刻薄，的的确确就是这样。

垃圾。

老奥斯卡那儿唯一比垃圾还要多的，就是生锈的垃圾。而相比外观，我爸更看重功能。用他的话说，外观如何不重要，能用就行——先记住这一点，后面你就明白了。还有一件事你也得牢牢记住——如果你处于十二三岁的年纪，相比功能，你会更在意外观，因为好看的外观会让你变得更帅。

① 1 英尺约为 0.305 米。

我们的住处后面有一间破旧的机棚，我爸把它改造成了工作间，在里面搞他那些所谓的“项目”。

他会独自一人钻进去待上几个小时，创造和重组那些他认为能改善我们生活的东西。

有一次，他发明了一种复合动力的超级搅拌机，声音大得像起飞时的F-16喷气式战斗机，因为他想用生的有机花生“在几秒钟内”做出“更健康”的花生酱。搅拌机第一次投入使用的时候，他忘记盖紧盖子，结果盖子崩开甩了出去，我们花了好几个小时清理溅到天花板上的花生酱（现在那里还有没能擦掉的污渍，我爸称其为“真切的厨房美学”，不打算用油漆盖掉）。卡罗尔那会儿恰巧在厨房里，直到现在，进厨房的时候它还是会对着搅拌机咆哮，连花生酱和果酱三明治它都躲得远远的。我想表达的意思是，这只狗曾把臭鼬撕成碎片吃进肚子，而且从身上的伤疤来看，在以往的几次战斗（我爸说，可能是和其他狗，但也可能是熊，或是一两只蜜獾——在镇子的那地方，什么都有可能）中，它应该都是胜利的一方。它应该天不怕地不怕才对。

在啵嘚看来，我爸不算是一个正常人，更像一个古怪的疯狂科学家，但啵嘚“尊重他努力实现目标时的奉献精神和使命感”。（这时候，啵嘚正处于“想成为海豹突击队成员”的阶段，这个阶段持续了一阵子，直到他在什么地方读到，为了迎接重要的日子——包括但不限于针对世界各地敌方首脑的秘密潜入活动或对恐怖分子的危险剿灭活动——海豹突击队员会做165个俯卧撑来热身。他也试着做了一下，将近一个小时里，他挣扎着做了60个，最后躺在地上泪流满面，嘴里不断发出呻吟——他称其为“男子汉的呜咽”。干呕了几下之后，他觉得在智力层面，成为海豹突击队员没什么挑战性，他可能更适合电气工程师或语言学教授之类的职业。）

我写了一个自行车零件清单给我爸，列出了我想要，哦，不，需要的东西。在这之后，我就开始和啵嘚用他那台比较新的无人机做实验了——这件事吧，其实没什么可说的，除了那只青蛙兄弟的遭遇——它可能完成了一项临近终端速度①的任务。飞到389.25英尺高（距离法律规定的无人机最高飞行高度仍有10.75英尺的距离②，这是个明智的规定。但话说回来，关于青蛙的最高飞行高度还没有相关规定，也很难界定）的时候，蛙兄身上的小安全带断了。后来，每次提到这次实验，我们都会双目低垂，双手合十放在胸口，将其称作“一场由重力引发的青蛙高速降落测量实验”。

我们忙着做笔记，为了更成功的——我是指对两栖动物伤害更小的——飞行实验做计划。我对啵嘚说，从现在开始，我们只能用无生命的实验对象进行练习，他勉强同意了，主要是因为无

---

① 终端速度，也称自由沉降速度，物理学概念。物体在做自由落体运动时，会受重力和摩擦力的影响。当摩擦力和重力相同时，下坠速度就会恒定，此时的速度就是终端速度。不同物体的终端速度不同，会受物体表面积、速度、形状和质量的影响。

② 美国联邦航空管理局规定，为了与飞机、直升机等飞行器保持安全距离，小型无人机的最高飞行高度为400英尺，约122米。

人机的毁坏让他很沮丧。当时无人机和青蛙一起坠落，掉进院子里。我俩把无人机的残骸收集起来，赶在卡罗尔到达之前迅速清理了青蛙的内脏和残骸，随后得体地、恭敬地哀悼并埋葬了我们这位已故的空气动力学实验伙伴。虽然发生了这么大的事，但我还是注意到，我爸好像销声匿迹了。

当然，我并不是“彻头彻尾的呆瓜”①（再次借用啵嘚的英式词语），我十分清楚我爸到底在做什么，尤其是我们注意到，我爸花了大量时间在老奥斯卡的院子和他自己的工作间来回奔忙，这让我的心里涌起一股不祥的预感——他的举动肯定和我那辆即将诞生的自行车有关。

透过工作间的小窗，我看到电焊机迸出的火花，心里有些担忧。因为我爸有一种诡异的能力，经常用那台电焊机引发意想不到的火灾。好在没有火苗出现，我也就没打扰他（但以防万一，我还是把翻新过的灭火器从水槽下面拉出来了，时刻准备着）。重申一次，鉴于我和我爸对时间的理解存在差异——正如我们对高质量生活的理解也存在差异——我很明白，最好别指望他能及时地为我造出一辆能给佩吉留下深刻印象的自行车，所以我没必要检查他的项目进度。

我把心思放在了找兼职工作上。我修剪了几块草坪，清理了几间车库，但这些活计带来的收入离我的目标还差得远，所以我打算

① 原文为 complete dolt。

去快餐店找份工作，结果发现自己年龄不够。

啵嘚说，这绝对是年龄歧视，我俩应该来一场游行。我解释说，两个人没办法展开有效的抗议活动。他又说我们可以在社交媒体和超市的公告板上发布信息，让更多人参与进来，呼吁社会降低快餐店合法雇佣年龄。

我知道，如果我们真的这么做了，开学后大家会把我们看作试图破坏《联邦童工法》的疯子，这样一来，我就更没有出头之日了。虽然不太想指出来，但我知道啵嘚的脑子想不到这些，所以还是跟他说了。因为出了个馊主意，啵嘚看起来很难过，为了安慰他，我给他讲了我在快餐店找工作的事。那会儿我在炸鸡店后门的外面，一个店员正在那里休息，他说他觉得很遗憾，因为我没法跟他一起工作，这样我就体会不到炸鸡这份工作有多酷了——把一些（不是鸡肉的）东西裹上面糊，再放入热油里炸。一想到他会把鸡肉以外的别的什么东西丢进油锅里炸，我就不寒而栗，想把整件事从脑海中抹去。但啵嘚的反应跟我大相径庭，我讲完我在巷子里的垃圾箱旁边遇到炸鸡店员工的经历之后，他立刻开始列举他认为可能会被拿去油炸的东西。

之后他的话我就左耳听右耳冒了。不过，在我还没来得及做出以后再也不吃那么多油炸快餐的决定之前（倒也不是说我以前吃了很多这些东西，因为我爸，你懂的），彼时[①]（这个词源

① 原文为 whereupon。

自啵嘚的另一个阶段，当时他觉得自己可能会成为一名高薪律师或带着英伦范儿的法医学侦探），啵嘚想出了新主意："我们必须回去看看。"

"有啥火烧眉毛的理由让你必须这么做吗？"

"我们得查查他们到底用了什么，炸了些啥。"

"你疯了吗？最好的结果无非是听他辩解——虽然不是鸡肉，但仍然是某种可以食用的东西。因为我听说过，有人会把糖果和即食夹心糕点拿来油炸。只不过那人看着不像爱吃甜食的人。但如果往坏了想，他看起来其实很像那种体育老师会在女生自卫课堂上提到的要多加提防的人。相信我，你不会想跟他打交道的。"

这时候，啵嘚直挺挺地站了起来，深吸一口气，放声高论[①]（这个词源自他的另一个阶段——打算日后从政，四处做演讲。用在这里再合适不过）：

"你知道苏格拉底那句话吧。"

"苏格拉底？"

"对。你知道吧。古希腊哲学家，大概生于公元前 469 年……"

"苏格拉底？你居然要引用苏格拉底的话？"

"是的。话是这么说的：'未经审视的人生不值得活。'"

他举起手臂，伸出一根手指（可能是在引导听众鼓掌，因为

① 原文为 pontificate。

他说过，每一个优秀的政客都知道如何“带节奏”——依然是啵式用词，不是我乱说的——给人们一个欢呼、赞颂的机会），盯着我的眼睛（眼神交流是公务人员获取公众信任的关键）继续说道：“所以你必须回去调查，看看这家想法超前的油炸快餐店在热油里炸了些什么。你绝对不想因为这些事情让自己的人生变得‘未经审视’。”

“拉倒吧，啵嘚。绝对不行。”

“好吧。那还有什么值得我们花费时间和精力呢？或许只能试着搞清楚你爸到底在他的工作间里干啥了。”

我爸在干啥？还不够明显吗？我想要一辆自行车——我提出了这个请求，我爸的“应对方法”再明显不过了。

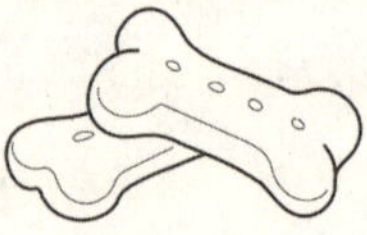

4

来自地狱的自行车

爸爸一定会给我造出一辆自行车——这一点当然毫无疑问。如果不是因为啵嘚的提议，我应该不会（在给出愿望清单的几个星期后）以身犯险，让我爸展示他最近一直在做的东西。

但啵嘚很好奇。我爸也说，他本来也打算给我看了。

用啵嘚的话说，为了完成这项工作，我爸动用了一种“朴素而又传统的使命奉献精神和强烈的创新驱动力”，而不是钱。他把从老奥斯卡废品堆里淘来的东西拼在一起，给我做了一辆所谓的“自行车中的自行车”。

不是“随随便便的一辆”，而是“独一无二的一辆”。他的说法倒是让我振作起来了，因为这辆即将面世的自行车即将帮我搞定的那个女孩也不是随随便便的一个，而是独一无二的那个。

展示自行车之前，我爸还卖了个关子。他告诉我们，他把老奥斯卡的垃圾堆翻了个遍，最后找到了“最合适的零件”。“小伙子们，我在意的是质量，而不仅仅是功能。”

对此我表示怀疑。但我看得出来，兴致不高的只有我。在成品“揭幕仪式”上，我爸和啵嘚都很兴奋。毫不夸张，他们的兴奋劲儿真的堪比参加真正的揭幕仪式。我爸把蒙在成品上的油布猛地扯下来，那动作只能用“浮夸”来形容。

啵嘚鼓起掌来。

我爸抹去眼角的泪珠——我发誓这是真的。

我呢，忍住吐槽的冲动，做了几次深呼吸，什么也没说。

“搜寻免费的零部件，重新加工成这么一辆自行车，真是光彩夺目。”啵嘚一边欣赏我爸的成果，一边说，“还用得着买全新的零部件吗？即便花了钱，最终的成品恐怕也比不上现在的一半。”

“这是一次独一无二的创作。那些量产货是卖给无脑消费者的，相比之下，这辆车的质量绝对上乘。”我爸一边说，一边把车推到泥泞的车道上，帮我进行了一次摇摇晃晃的试骑。

让我也说说我的看法：

我爸确实找到了最佳的密封轮毂。“非常顺滑，简直完美，吃午饭之前把自行车上下倒置，转动前轮，吃完饭回来的时候，轮子可能还在转。”我爸如是说。

我想不明白为什么有人会想要这么做，但我爸和啵嘚都赞许地点了点头，好像轮毂的意义就在于此——在没人看管的时候一直旋转。

配有无带式金属脚夹的合金踏板也能毫不费力地转动。我从车上下来后，啵嘚趁机跳了上去，想“感受这份美好”。踏板夹宽松适宜，没有勒到他的脚，于是他做出评价：“很轻巧，脚上根本感受不到踏板夹。”还美其名曰“空气踏板”。

磨砂铝合金曲柄的前侧连着 3 个抛过光的齿盘，后面有 7 个链齿轮，最终促成了 21 种变速方式。

啵嘚在我们的院子里骑了几圈，停下后和我爸握手，祝贺他的成果，最后说：“就这辆车而言，唯一你想要或者需要改善的，大概只有院子的地形了。”

前后变速器十分流畅，切换速度快如闪电，变化只在一瞬间。轮辋的材质是磨砂铝，上面有轻微腐蚀，但坚固强悍，给辐条带来了如做了外科手术般平衡匀称的张力。轮胎窄而轻便，符合街头骑行的标准，即便是沙石地面也够用了。自行车骨架来自 6 个废品堆，是由从旧自行车上拆下来的管子焊接而成，电焊机焊出的连接点完美无瑕，平滑无缝，似乎根本就不存在一样，堪比液态金属做成的一体式框架。

刹车我还没说吧？一样完美，是超棒的盘式刹车，操作灵敏，力道强劲。骑的时候就像飘浮在太空，但只要轻轻一握刹车把，就能把自行车从太空拉回到地球。

我知道，我的这些形容会让你觉得这是一辆完美的自行车。

确实。

几乎完美。

但我爸是“白玉微瑕国”至高无上的君主。

确实有那么几个小细节——十分微小的、很不起眼的细节——

破坏了这个精妙的机械装置、这项惊人的设计，没能让这辆自行车成为我的梦中情车。

首先，我爸设计并打造的，是一辆卧式自行车。

某种程度上说，我能接受这一点。卧式自行车挺有意思的，速度快，没什么毛病——除了爬坡的时候。因为骑这种车的时候你几乎是躺着的，脚踩踏板给前轮施加压力，而所有动力都来自双腿，而不是把身体重量施加在踏板上以获得额外的力量，去抵消角度啊重力啊这些物理因素。也就是说，骑这种车上山会让你大汗淋漓，因为它会花费你更多力气。不过也还好，你可以切换成低速挡，然后蹬得快一些，用较低的加速度爬陡坡。这样一来，你可能会骑得晃晃悠悠，但没关系，还是能上坡的。

我说过我的学校在一座山上吗？一座很陡的山？好像没说过。所以你看，我想象中的画面是轻松自如地骑到自行车车库，脸上的表情随意冷静，现在却变成一个噩梦般的场景——我仰躺在自行车上，双脚狂踩踏板，车却慢得像乌龟；我气喘吁吁，腿蹬到抽筋，汗水流进眼睛里，有些刺痛，只能半眯着水汪汪的双眼，好像在上学的路上大哭过一场一样，和想象中环法自行车比赛选手那般汗水从脸上滑落下来的男子汉形象相去甚远。

这还不够——骑卧式自行车的时候，你会比周围的人矮上3英尺，看东西的视角也和骑普通自行车的人完全不同。

当然，我说的“周围的人”和“骑普通自行车的人”依然是佩吉。我见过佩吉的自行车，和大家的一样，也是一辆普通的自行车。

所以，大费周章之后，我爸最终给我创造了这样一个机会：我拼尽全力，也只能成为全校最棒的（不仅是我所在的学校，可能也是自打中学出现以来所有地区、所有学校里最棒的）女孩眼里的一个路人甲，一个坐在自制两轮卧式自行车上的超级大白痴。“嘿，叫你呢。”我喘着粗气，仰头朝她喊，为了坐直一点儿，我使出了吃奶的劲儿（我好像没说过我的身体老跟我较劲吧，尤其是腹肌？）。毫无疑问，她会先环顾四周，见旁边没有其他人，最后目光一垂，落在我身上。而我正半躺在车座上猛蹬踏板，脑袋和其他人的屁股齐平，像一个行为怪异的变态……

不行。

我绝对不能以这种方式开始一段恋情。

而且，即便我过了这一关，给佩吉留下了不错的第一印象——之前谈论佩吉的头发和眼睛的时候我应该提到过，她的性格超好，善良到不可思议，她也许并不会在意我那两足动物般的怪异造型，但我爸一不做二不休，给这辆车加上了最为浓墨重彩的一笔：

车座。

依我看——虽然离题有些远——车座真的超级舒服。它由钢管做成，焊得很好，向后倾斜的角度也恰到好处，车座前缘把我的腿支撑起来，脚刚好能踩上踏板。

堪称完美。

但你还记得吧，我说过，我爸从来都不是一个注重事物外观的人，他满脑子都是实用概念。在他的设计加工流程里，外观被远远甩在了第二位。所以，虽然车座很舒服，也很适合我，但……

我爸给车座包上了一层皱巴巴的层压塑料垫，上面画着巨大的棕榈叶和花哨的火烈鸟，显然是从老奥斯卡某堆破烂里的一把旧躺椅上拆下来的。它可能在某户人家的泳池边经历过几个夏天的暴晒，因为火烈鸟已经不再是那种生机勃勃、令人惊艳的粉橙色，而是一种淡淡的灰粉色。棕榈叶也褪了色，从墨绿变成淡淡的苔藓绿，整个图案更像是色调柔和的花卉，一点儿热带风情都看不出来。

“看着很像我祖父在养老院阳光房晒太阳时坐的那个怪沙发，”啵喁说，“只是多了俩轮子。”他一脸愉悦地瞧着自行车，它稳稳地停放在阳光下，撑在地上的支架很可能来自一辆哈雷摩托。

我爸把自行车的骨架刷成了黑色。不是光滑闪亮的喷漆，而是用粗糙的刷子手工刷上去的无光黑油漆，所以有些地方还能看到零件的原色，还有锈迹，看着脏兮兮的，好像染上了什么病——我愿称其为“自行车麻风”——黑乎乎的漆面像黑洞一样，似乎能把光线吸进去。我眨了眨眼睛，想让视线更清晰一些，但没用。当光线从某个角度照在漆面上的时候，我产生了一种视错觉，眼前不断闪烁，似乎看到了通往另一个时空连续体的入口。

骑这辆车去学校、商场或其他任何地方的场景我连想都不敢想——踩着踏板一路向前，一路吸收着光线，给所到之处带去便携式的微型黑洞，在佩吉下方三英尺处紧紧跟随，就像一个秘密潜伏的影子，对她的后背致以热情问候。

逊爆了。

我是说这辆车。真的。

很显然，我得采取一些行动了。

对我爸。真的。

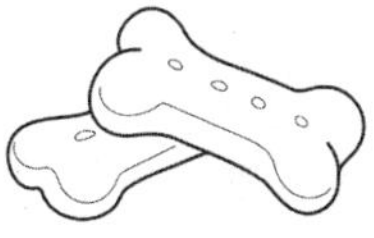

5

一个跟小狗有关的解决方案

一开始我考虑过离家出走，而且认真考虑了一阵儿（我所说的“一阵儿”，其实就是想象自己骑那辆自行车去上学的那一阵儿），这或许是一个办法，能让我脱离我爸和他的生活哲学、人生观，以及那些让我的生活越发艰难的事物。

我可以逃到西部的某个地方，在农场里找一份工作，拿实实在在的工资，而不是几袋大米和干豆子——而在我爸看来，能拿到这种东西简直赚翻了。

在农场干活儿能让我变得更强壮，也能攒不少钱。最后，我会凯旋——个子变得很高，皮肤晒成古铜色，不用再戴眼镜，腹肌也硬得像石头，偶然之际，我会遇到佩吉，然后嘛……

我差点儿就把这些不切实际的想法大声讲出来了，但我赶忙把自己拉回了现实。因为我知道，啵嗬肯定会使劲儿嘲笑我，说我“疯透了”[1]（他的另一个英式词语）。

而且，他超爱那辆自行车，觉得整件事很搞笑，还把那辆车称作“你的养老院哈雷”。

“最棒的一点，”他说，“就是这车显得你年龄更大，更成熟。大概有 75 岁吧。只要骑得够久，你脸上就会长满皱纹，像我祖父那样，在养老院给大伙儿变魔术，从人们耳朵后面变出枚硬币。不过这些人没被他唬住，现在都跟他保持一臂远的距离，因为他不太能留意到并且尊重别人的社交距离，所以他现在不太有机会表演了。据他说，这无非是一种对魔术的厌恶，没什么好处。”

“别胡扯了，啵嘚。严肃点儿。不管我爸为什么会变得这么……我爸，事情好像都越来越糟了。昨晚吃饭的时候，他告诉我他正打算弄些旧衣服，剪碎了拼在一起，缝成新衣服给我俩穿。因为据他说，人类在史前就开始这么做了，那时候甚至没有‘钱’这个概念。你能想象吗？我骑着这辆车……哦，仰躺在这个草坪椅一样的东西上，这个死星上才有的玩意儿上，身上还穿着碎布拼成的手工衣服……”

啵嘚还是那样笑着。我之前说过，他那古怪瘆人的微笑让人无法确定他是不是在开玩笑，而且他说出口的话听着总是很牵强，很不切实际，但他的说话方式却总是一副确认无误的样子。总之，他又开始那么笑了。

---

① 原文为 barking mad。

“你的想法完全错了，”他告诉我，“到时候咱俩要做的，就是录一段你穿着新衣服、骑着新自行车的视频。可以用我的手机给你录，只是它不太擅长捕捉动作，录出来的影像有点儿糊。还有，我觉得我们还可以把这玩意儿传到网上，我开通了一个频道，正缺高质量内容呢。如果能上传这个视频，收看量肯定噌噌涨，然后，如果有大企业想请我们投放广告，我们就能赚些铜板了。”

“你快拉倒吧。”

“我是认真的。这种事儿很常见。我研究了不少靠个人努力获得成功的自媒体。要我说，如果押对了注……”

有段时间，啵嘚反反复复想了很久，打算成立一家公司。说真的，和那些天马行空的想法比，这个梦想还是挺靠谱的。他没有详谈过那会是一家什么类型的公司，或者要怎么创办，但他确实给自己设计了名片，还列了一张必备办公用品清单，包括一张可以调节高度的站立式书桌和一把平衡球座椅，旁边是一台跑步机，以“最大程度地兼顾工作效率和身体健康”。他想赚大钱，方法就是成为代理人或广告商（“这俩身份是一回事儿吗？”有一次他问我，“还是说，我会成为第一个身兼代理人与广告商双重身份的人？”），押对创意（他尝试过提醒自己随身带一个笔记本，好记下来那些有前景的创意，但他总是弄丢——本子丢，创意也丢），然后借此赚钱。

“啵嘚……”

“完全没问题。我从远处拍你，一开始，你在镜头里只是个黑点，然后你越来越近，我会加入一点儿音乐，最后你停在摄像头前，说……”

“关掉摄像头。”

“不，你不能这么说。到时候你得说：‘嘿，我身上穿的衣服、我骑的车是用百分之百的回收材料做的。’这样就能锁定绿色环保市场，还有那些只想吸引年轻群体、一直在寻找有说服力和影响力的人合作的跨国公司，毕竟现在的年轻人就是未来的消费者或者说未来的希望。反正就这么个意思。”

“你说够了吗？”

“没说够。不过我能看出来，你有点儿心不在焉。因为你爸的事儿。好吧，那你打算怎么办？”

“你给我提点儿建议吧。但我只接受合理的建议。”

除了爱开玩笑，啵嘚还有一个特点，那就是当你真正遇到问题时，他是一个可以为你两肋插刀的朋友，不帮人走出困境他是不会罢休的。也许是因为他拥有所谓的“丰富想象力”，他的大脑能像最优秀的人工智能一样工作。在那颗古怪的脑袋和没有遮拦的嘴巴后面，其实不缺逻辑力、观察力，以及——说来十分奇怪——相当多的常识。我看着他，心怀希望。

“我想不到好办法，”他说，“该死，一点儿办法都没有。”

“说实话，我没想到你会这么说。”

“关键是你爸太好了。他总是在思考，而且真的很关心你。你都不知道我多想有个这样的爸。最近我爸下班回家后都会给自己倒上一杯‘夜间酒’——他自己的说法。其实就是红葡萄酒，因为白葡萄酒白天喝，红色的晚上喝。然后他会打开电视，慢慢把酒喝完，接着就上床睡觉了。我觉得这周他跟我和我妈都没说上四个字。我甚至不确定他记不记得我们的名字叫什么。而你爸呢，他总是和你聊天，看上去很喜欢你，在意你说过的话，也关心你的举动。几乎就是完美老爸的典范，除了……”

“除了什么？”

“呃……”

“他是个疯子，对吗？”

啵嘚摇了摇头：“不。很显然，他是个天才。只是他看待事物的方式过于独特……”

“是的，他的方式。”

啵嘚点了点头：“就是这样。他看到的不是事物本来的样子，而是事物在理想情况下的样子。”

“但这未必是我的方式。”

“对头。”

“所以我该怎么办？”

“这是常识呀，我亲爱的华生。”（啵嘚的英伦迷恋情结包括但不限于有段时间想成为夏洛克·福尔摩斯那样的侦探，一有机会他就会错误地引用阿瑟·柯南道尔爵士的句子。但他也告诉过我，柯南道尔的原著里其实并没有这句话。）

“快说吧，别卖关子了。”

“你得‘重启’你爸。”

这是他的原话。简单明了。

“你没法摆脱他，但他是个很棒的人，只是需要些调整，变得更像一个父亲。你要做的就是把他变成一个更适合一起生活的人。或者说，一个一起生活更合适的人。”

去年，我们的英语老师约翰逊女士突然变得“容光焕发”[①]——啵式词语——从那以后，啵嘚开始对语法规则上心了。他认为，如果他长大后成了一名英语老师，他就有可能在教师大会上遇到约翰逊女士，然后……嗯，这么说吧，我不是唯一一个不切实际的人。

“那我要怎么重启他？”

“不知道。”啵嘚摇头，又耸了耸肩，“把他关机 10 到 15 秒然后重启吗？不行，他不会像笔记本电脑那样自动调整到你想要的状态。我只是知道该怎么办，但给不出具体方法。”

不过他说对了，真的。这一刻，命运降临，我只需要听从安排。

通常来说，命运降临的时候你分辨不出来，也看不到，时过境迁之后你才会恍然大悟。但在那一刻，在那个“关键时刻”[②]（我学到的又一个啵式词语，那会儿他走来走去，嘴里念叨着“鉴于在此关键时刻，原告表明了他的上述嗜好，即把精力花在……”），命运自己迈

① 原文为 glow-up。

② 原文为 juncture。

出步子，给了我可行的解决方法。

小狗。

此处应该有一个着重强调的停顿。

小狗能解决这个问题？我知道，对此你可能持怀疑态度。去外面领养一窝小狗带回家，分散我爸对他生活哲学的关注？不是这样的，虽然一窝小狗确实够让人分心的。我之所以选一窝小狗，是因为在我看来，它们比一篮小鸭崽儿更可爱，也显然比堆满毛线球的桌子上的一窝小猫可爱。哎？不知道佩吉喜不喜欢小狗……

抱歉，跑题了。

啵嘚指出了这一点。此时此刻，我一边写，他一边读，他有些担心，觉得我有些晕头转向，会在十四日[①]内失去热情，忘了这回事。（如今他正发愤图强，想成为维多利亚时代的英国作家。在使用“十四日”这个词之前，他不得不先查了一下，因为他一开始以为它可能与黑夜降临后的军事设施有关——这事儿只有我俩知道。）

总而言之，我跟啵嘚聊起我爸的事，他虽然知道该怎么办，但给不出具体方法，这就是命运介入的那一刻。因为就在那一刻，我抬头看了一眼墙，看到了每年我们买猪饲料、鸡饲料和狗粮（超绝灵感的来源）的商店免费发放的彩色日历。

① 原文为 fortnight。fort 意为堡垒、军营，night 意为夜晚。

对，日历。一个普通的赠品日历，上面画着牛犊、小鸭子和小鸡，画得一般。每个月的页面都不太一样，有的是一座谷仓，有的是一座廊桥，还有连绵起伏的雪山，甚至有一页上面画了个穿着格子衫和背带裤的漂亮女孩，她嘴里叼着一根稻草，眺望着田野，但主要的绘画元素还是小动物。

这个月的图是一窝哈士奇小奶狗，可爱得令人发狂。

这让我想起了最近在那家商店买东西的一次经历。

那家商店就是命运的藏身之处，是命运指引我前进、告诉我解决方法的地方。

再详细一些，是一袋 42 磅[①]的狗粮袋子里。

你不知道那件事，但我会解释给你听。

因为卡罗尔可能是链锯的亲戚，它家族谱上很可能还带了些猎犬基因，而且它很馋，胃口又大，所以我们绝对不会把袋装狗粮放在它能碰到的地方，懂我意思吧？一旦把狗粮忘在外面，它会立马找到，然后像撕碎臭鼬再吞进肚子里那样对付狗粮。真的，跟它对付臭鼬的样子如出一辙。

不过，即便对卡罗尔这样的比特犬来说，42 磅狗粮也不是个小数目。它会一直吃到塞不进去为止，然后吐出来，再吃——吐，吃，吐，吃，吐。而且，因为它是个女生，举止十分优雅，对自己的地

① 1 磅约为 0.45 千克。

盘有着强烈的自豪感，所以它吐的时候总是很小心，会避免弄脏院子。它会跑向拖车房，爬三级台阶，最后吐在门廊上。

“它是想把食物分享给你们，”第一次看到卡罗尔这糟糕透顶的恶作剧时，啵啰这样说，“它太可爱了。”

“拉倒吧，那是因为你不用清理。”我一边说，一边用清理臭鼬残肢的破铲子铲起一堆堆的呕吐物。很奇怪，狗粮穿过它的嘴巴和胃，最后居然变成了鼻涕一样的黄绿色玩意儿。

我们把这样的事称作“吐完再吃”事件。经历了几次之后，我们弄明白了，狗粮最好拆封，倒进一个金属垃圾桶里，再把盖子紧紧盖上，这样才能防止卡罗尔偷吃。那天早些时候，我提着一袋刚买的狗粮走进工作间，打开金属桶的盖子，撕开包装袋，把狗粮倒了进去。

不过这不是卡罗尔平时吃的牌子。这是超大的一袋幼犬粮，是我爸在饲料商店特价区的货架上找到的，之所以卖特价，是因为包装袋的一角有破损。破损处已经用胶带粘住了，除了这点儿瑕疵，其他都没问题，所以在我看来，我爸捡了个大便宜。那天早上我把狗粮倒进桶里的时候，看到了狗粮公司装在包装袋里的一本小册子。

那时候我已经把它倒出来了，几乎完全盖在了狗粮下面，但好在它露出了一角，被我及时抓住了。通常，这种小册子只是生产商推广其他产品（比如项圈或磨牙玩具）的广告或优惠券，我很少读，甚至不会仔细看。这次也一样，我几乎瞅都没瞅，就把它塞进衣服口袋，打算一会儿丢进可回收垃圾桶里。

但我还是瞥到了那段话，这足以让我意识到，命运正奋力推我向前。随后，我从口袋里拿出小册子，仔细读了起来。

封面上有一只幼犬的肖像画，下面印着：

通过正面强化
训练你的幼犬

没错吧？

是命运的力量。

关于我爸的问题究竟该采取哪种解决方案，我心里已经有数了。

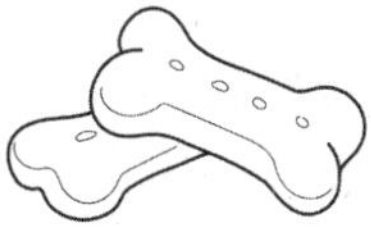

6

训练你的幼犬

幼犬正面强化训练，实际上就是奖励好的行为，忽视不良行为。一切训练都应该巧妙含蓄，充满鼓励。在任何情况下，你都不能对幼犬喊叫、训斥或是怒气冲冲地乱揉它的鼻子。

以上是小册子正文的第一段话。

好吧，我知道，我爸不是小狗，他和小册子里提及的小狗之间存在着相当明显的区别。

不过，真的有区别吗？

我爸是哺乳动物，小狗也是，根据科学研究，凡是哺乳动物，DNA 的差别都很小。

事实上，我觉得我在哪里读到过（更有可能是我爸或啵嘚读过，然后无意中给我讲了个冗长的故事，所以我才会知道），人类和草坪上的草之间大概只有 17 或 18 个染色体差异。

我觉得在某些情况下——比如跟啵嘚比——差异可能会更小。

但这并不是说我可以用这本小册子来训练草坪上的草，尽管我还读到过（或者依然是啵嘚或我爸告诉的），如果你割了院子里的蒲公英，余下的根茎就再也长不到割草机刀片那么高了。所以，如果一个人能训练一株蒲公英，让它把头伏低躲到割草机刀片下方，那你也可能训练草坪上的草了。倒不至于把它们训练成能帮你报税的程度，但最起码可以阻止它们从人行道的砖缝里冒出来……

呃，我又跑题了。再次抱歉，也顺便感谢啵嘚让我的叙述节奏慢下来（如果他对加工肉类的热爱没有影响到我，那他说话时总跑题的习惯肯定影响到我了）。

我把这个想法——也就是用训练小狗的方式改掉我爸讨人厌的行为——告诉了啵嘚，他不愿深究其中的可行性，只是一如往常地插科打诨，急着展示他幽默的一面。

“哦，如果你发现你爸在啃你的鞋子，你会用正面强化法让他停下来吗？要是他开始追汽车呢？或者他在地毯上拉屎被你抓个正着，你也要正面强化吗？”

“啵嘚。”

“要是他往别人身上扑，把人家衣服抓烂了呢？”

“够了。”

“不够不够。我还能举出一百万个例子。如果你爸开始乱搞……”

“你再不闭嘴，我就把‘末日火山’发到网上。”

我说的“末日火山”，是一段（对他来说）非常尴尬但（对我来说）又非常搞笑的视频。视频里，啵嘚头戴一顶破烂的军用头盔，身穿一件被虫子蛀了洞的超大号飞行服，嘴里模仿着飞机引擎加速的噪声，假装自己是一名战斗机飞行员，正在营救一个被反派大坏蛋困在山顶的女孩，而坏蛋附近的飞机跑道，恰好就在所谓的“末日火山”上。这条视频的名字就叫《末日火山》，啵嘚将其称作“新方法的诠释”，还信誓旦旦地说，这样的形式能让他的创意更加逼真。他一直在研究一种全新的可视化游戏，他很确定，这个创意能让他狠赚一笔。做出那些举动的时候，他并不知道我开启了手机的录制功能。这条视频很有用。我用它成功威胁了啵嘚好几次。

“你不会发的。”

“我肯定会。”

“好。”——他故作严肃，但我看得出来他其实很紧张——“如果他做错事，你会对他进行正面强化。就算他在地板上拉屎，你也不会惩罚他……”

“啵嘚。”

“唉，我就是这么想的。你别太认真。”

“别太认真？我记得之前有一家大众餐厅，里面有个厨子可能（也可能没有）把未经 FDA① 认证的食品丢进热油里炸。有个家伙为了奉承那个疯厨子，不惜引用苏格拉底的名言。”

① Food and Drug Administration，美国食品药品监督管理局，食品、化妆品、药品等只有经 FDA 认证才可以进入美国市场进行销售。

“好吧，这回你想引用谁的名言？”

“还是说正经的吧。你可以读一读小册子，只要稍加修改，那些方法应该就能奏效。”我的言辞间似乎充满希望，可能也带了丝恳求的语气，我想是的，“就像你之前说的，我跑不掉的。我年纪太小，而且他真的是个好老爸，我不能这么做——我不想伤他的心。”

“好吧，正面强化。我明白了。那么当他做了正确的事，你打算怎么办？”

“他什么时候做过正确的事？”

“哦，好吧。如果，如果他做了正确的事。”

“根据小册子的说法，要奖励他。”

“那如果他做错了呢？”

“不要用‘错’这个字眼，要说‘不正确’。也不要用‘如果’，正确的说法应该是——当他做了不正确的事。因为他一直都这样，一直在做不正确的事。我太知道了。”

“什么是正确什么又是错误——哦，抱歉，什么又是‘不正确’？你要怎么判断呢？”

“我觉得我会搞清楚的。”

“好吧。那当他做了不正确的事，你要怎么办？”

“小册子上说，什么都别做，忽视就好，也不要奖励他。”

“如果这个办法不管用呢？”

“我还没读完小册子。”

“明白了。”啵嘚叹了口气，“某种程度上说，你即将改变的可能是整个人类——哦，抱歉，是哺乳动物。既然这样，你得先把整本册子通读一遍，然后再着手驯化你爸。”

“你还是不信我能成功，哪怕只有一点儿可能性，是吧？”

“全然不。①”啵嘚英式词库里的又一颗宝石。我敢说，他肯定不知道这个表述是什么意思，但他确实发掘出了一大堆有用的英式脏话，我俩最喜欢用的有——“该死的”“垃圾玩意儿”“家伙”“饭桶”“滚蛋”②。

“不过，”他补充道，“我打算把你的整个实验用视频记录下来，方便日后做些研究。也许可以拍成一部纪录片。如果能投放到哪家流媒体平台上，没准儿能赚点铜板。你觉得你爸会因为这事儿起诉你吗？”

有时候，啵嘚会莫名其妙地从一件事跳到另一件上，这可能会造成一些混乱。一开始他可能会扮出一副英国贵族的姿态，然后突然变成一个想赚大钱的广告界大亨，接着是一个维京人，一边谋划着去某片海岸劫掠，一边像吃苹果一样大口嚼番茄，汁水顺着胡子流下来——如果他有胡子的话。每次他这样的时候，我都会往后一靠，等他结束，或者至少专注地扮演其中一个角色。

我没理会他提出的最新事业规划，但我还是找了个旧笔记本出

---

① 原文为“Not a whit”，是“Not at all”的旧式说法。

② 原文分别为 bloody、bollocks、bugger、git、sod off。

来。实验无论成功与否，都得进行跟踪记录，这一点他说得很有道理。我得好好记笔记，看哪些方法管用。幸运的是，随后就出现了一个能在我爸身上测试训练理论的机会。

车库甩卖会。

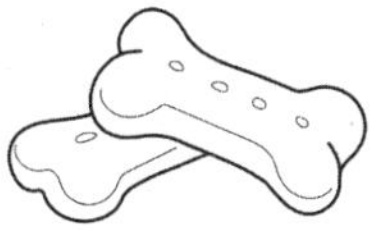

7

车库甩卖会

“车库甩卖”的概念很好理解，并不是说有人想把他的车库卖给你。啵嘚会很乐于解释这一点。实际上，就是有些人在日常生活中制造了很多废旧垃圾，不再需要了，就会把它们从地下室、阁楼或壁橱里拖出来，放在家门口或敞开门的车库里，摆在盒子、桌子和椅子上，试着卖给那些愿意为此花钱的大傻瓜。

当然，我爸不会用“垃圾”“傻瓜”这些贴切的词去形容，他的措辞更加温和，比如“可回收物”和“便宜货淘客”。

我们总去车库甩卖会，我爸对此的喜爱程度仅次于老奥斯卡的院子。他也让啵嘚迷上了车库甩卖。我以前挺喜欢跟我爸一起闲逛，直到我长大了点儿，他在甩卖会上带回来的东西开始影响到我的生活——是不良影响，不是积极影响。

正如我们之前讨论过的那样，我爸会在别人完全理解不了的事物中寻找价值。

比如背带裤。

他认为背带裤是世界上最实用的衣服。在他看来，背带裤不仅穿着舒服，而且口袋多，很方便，材质也坚韧，能穿很久。

很久——对我这个十二三岁的少年来说，很久意味着“永远”。

所以，当我爸在车库甩卖会上看到了几条适合我穿的背带裤时，他主动提出给卖家停在车道上那辆漏油的女士汽车换机油，作为交换，他会把那几条背带裤带回家给我穿。裤子看上去很新，洗得很干净。我爸认为，这是一次出色的物物交换，对一个成长中的男孩来说，这是实用服装方面的巨大飞跃。

“这几条裤子你可以换着穿，每天都能穿。你看，闲逛的时候可以，给狗清理呕吐物的时候也行。裤子口袋设计得很好，装得下你需要的一切。穿着也舒服。”

的确，一切都很好。只是……

背带裤之前的主人是一个女生。我穿着虽然确实合身，大概也符合我爸所说的“日常活动装束”，但从款式来看，它们更适合时尚前卫的年轻女人，而不是我这种男孩——在实用、耐磨的同时，我也想以恰到好处的方式变得更帅一些。

裤子上缝了许多补丁，位置随机，上面写了一些可爱娇俏的词，比如“蜂后”和“辣妹”。即便我扯下补丁，清洗了裤子，啵嘚还是指出，墨水已经渗入牛仔布，永远洗不干净了。

“粉红色背带裤，屁股上还写着‘小美妞’，穿成这样出去需要足够的自信。哪怕洗掉了色，穿出去钓鱼或是在院子里玩无人机也还是不太好。”啵嘚说。很显然，这回我爸的做法是一次毋庸置疑的失败，就连啵嘚也迫不得已地站在了我这边。

哦，我忘了说吧？这几条背带裤都是粉色的。

但我爸不觉得有问题。他只知道，这是一次出色的物物交换。而且，说一千道一万，难道我不需要工装背带裤吗？

而且，如果背带裤是我爸在车库甩卖会淘来的唯一一样东西，我也就不说什么了……

比泥巴还旧的老式录像机和电影录像带，是每次车库甩卖会他都会淘的一类东西。那些坏掉的录音机如今正躺在我爸的工作间等待修复。虽然他觉得几乎所有电视节目都很糟，互联网上也没什么值得看的东西，但他绝对无法抗拒电影录像带（里面的演员早在我出生前就去世了）。

他尤其喜欢 DNA 技术出现之前的悬疑谋杀片，因为在这种情况下，侦探破案得或多或少地依靠一些直觉。据我爸说，所有优秀的科幻电影都是用黑白胶片拍摄的，怪物和外星人的形象是用纸板剪出的剪影。我爸坚信，这些电影才是经典，他无法舍弃它们，就像无法舍弃他那辆旧皮卡或水泵。当然，为此他不得不四处寻摸和修理老式录像机，好播放那些经典电影。

接下来，请你接着想象我们在车库甩卖会上的场景：我，身穿粉色背带裤（上面有褪色的做作标语，比如“甜心”“哦，亲爱的”），上身是一件用丝网印刷印着歪斜标语“达拉斯轮胎维修铺和炸翅小屋”的 T 恤（我爸弄来了整整一箱，没花钱，因为标语印歪了），脚踩一双黑白相间的高帮帆布网球鞋，但尺码太大了

（“你的脚还会长，很快就会合脚”），头戴一顶大号遮阳帽，绿色帽檐连着一条用橙色打包绳做成的带子，绳子绕过下巴，将帽子固定在脑袋上，手捧几盒录像带和几台影像设备走向皮卡。与此同时，我爸把在别人家后门廊换来的一些防风窗，也带回了车上。

嗯，我不是想在佩吉面前变帅一些吗？一想到这里，我就越发讨厌车库甩卖会。

但也正是在被我爸拖去车库甩卖会的一次经历中，命运之门再次打开——命运，还记得吧？——我开始实施针对我爸的第一次正面强化训练实验。

当时我们正从镇上开车往家走，车里只有我们三个——爸爸、卡罗尔、我。卡罗尔很爱去镇上，它喜欢坐在车里盯着外面猛瞧——我爸说，它正在对潜在的猎物进行分类，寻找一切可能会对它的所有物造成威胁的事物。而它最喜欢的，就是去车库甩卖会。

卡罗尔之所以如此兴奋，是因为我爸在车库甩卖会上会化身成一个捕猎者，受他影响，卡罗尔会陷入群体心态[①]，盯着我爸的右眼看，进而做出回应，因为狗狗总是通过人的眼睛感知人的情绪。（这是真的，我听啵嘚说的。如果你有狗，可以观察一下。如果没有，那就养一只。啵嘚说，如果完全不跟狗狗接触，没有人

① 原文为 pack mentality，意为“群体性”或“群体心态”。有理论认为，狗和狼一样，会在群体中排位次，遵从严格的等级观念，将家中最强壮的男主人认作群体领袖，对其顺从。它们还会将小孩或者小猫看作弱势存在，如被弱者挑战，它们会做出反击。

活得下去，但他爸就是不让他养狗。你可以领养一只搜救犬，这样一来，你救的可能就不只是一只狗狗了。有朝一日，你自己可能也会被救。反正啵嘚是这么说的，他的出错率只有 26.5%，还是很可信的。）

猎物——哦，就是那些堆满杂物的小桌——在炎热的夏日里静静等待。

我们慢慢开过去，想看看都有些什么好东西。

“别表现出感兴趣的样子。”我爸总是会这么说一句。卡罗尔收到警告，像望着羚羊的猎豹一般睨着甩卖桌。我们回避着和卖家直接的眼神接触，开车经过时，就像假装没学习但其实正在用功的学生。

捕猎的规则很简单。

1. 观察，但别让对方看到你正在观察。

2. 务必看到货品详情。这一经验源自一次甩卖会，一摞密封的纸箱吸引了我们的注意。我爸太好奇了，当场就上前“出价”，因为旁边也有其他人盯着纸箱，但我爸的捕猎本能让他占得了先机。回家后他打开箱子，却发现里面装的是已经发霉发臭的生奶油、白干酪和酸奶油，我们心底涌起一股恶心和失望，在那以后就对乳制品敬而远之了。

3. 务必实用。以下是我爸的精准淘货流程：寻找轻微损坏、修理完就能用的工具，好用的二手厨具，大致合脚的工作靴，物美价廉的高质量运动或休闲装备。反正就是那些别人用辛苦赚来的钱在商场买的日常必需品，只要你能想到，他就都能淘来。（有一次，我们差点儿弄到一艘双人皮划艇，但最终被一个愿意支付现金——而不是清理卖家的排水沟——的人买走了。）

4. 务必仔细检查。还有一次，我们弄了个看似完美的躺椅，自认为占了大便宜。放到家里之后才发现，我们还得到了一窝老鼠，它们在坐垫下面的弹簧间筑了个窝，棉质内里的坐垫臭气熏天，上面粘着树枝、草屑，一闻就知道，是尿液把它们黏在了一起。我爸说，老鼠的繁殖能力非常惊人，他又是那种崇尚万物和谐共生的人，所以最后我们只是把躺椅拿到外面，留给老鼠一家继续享用。

今天我们开车出去扫荡，寻找车库甩卖会，我恰好想起了那个躺椅和里面的老鼠一家，总结出了我爸的车库扫货规则，但他自己从未留意过这些规则。也是在这个时刻，我做出决定——是时候实施我从小狗训练手册里学到的技巧了。

手册的核心理念看上去很简单：忽略不良行为，奖励良好行为。

如果“小狗”（下文中，我将用“SP”指代我爸，也就是“Subject Puppy”，我的实验对象。因为啵嘚说，晚上把训练成果记到笔记本里的时候，使用类似的代称会显得更加专业和正式）行为不妥，我就试着无视 SP 和他的不良行为。

我不想让 SP 觉得我对他潜在的举动感兴趣，从而引起他的注意。

SP 们总是想引人关注。

但很快我就发现了一个问题——假装随意地在别人房子前来来回回，很难不去留意他们摆在车道上的东西，尤其是当你的 SP 正忙着开车，而你坐在车上，SP 和猎犬都在假装随意地凝视着什么的时候，你也会不自觉地凝视。

但我尽力克制了。

我装作漠不关心的样子，看向皮卡另一侧的车窗外面，目光远远躲开捕猎目标（也就是车库甩卖会现场），对车顶飞过的一只鸟竭力表现出感兴趣的样子。

卡罗尔上当了，也看向我看的地方。随后它意识到，那只是一只寻常无趣的鸟，而我转移了它对车库狩猎行动的注意，随后它开始凝视我的眼睛——我能明显感觉到，卡罗尔十分清楚我在做什么，而且不认可我的做法——然后，它又回到了之前的状态，开始和我爸一起假装随意地研究货摊。

那只鸟 SP 甚至瞥都没瞥一眼。开车经过货摊的时候，我发现他专注地瞧着一台锈迹斑斑的破划船机。然后他摇了摇头，自言自语道："不行。"

皮卡加速，我如释重负，以为这次就这么结束了。而这好像是进行正面强化的绝佳机会。"好主意，"我说（其实我差点儿说成"好狗狗"），"好像确实没什么好货。"

SP 没说话，我们向左拐了几次，又一次路过车库甩卖会。我明白，他是不会轻易放弃的。第二次路过的时候，他振作起来，说："我想我看到了一台电动的绿篱修剪机，以后没准儿能用上。"

然后，他又开车绕了一圈，最后把车停在路边，径直走向那台绿篱修剪机，跟卖家谈到 2 美元的价格，最终买下了。（如果货品超过 10 美元，SP 会作物物交换，但如果低于 5 美元，他会掏出皱巴巴的 1 美元纸币和一些零钱。）实际上，除了那 4 棵瘦竹竿一样的树，我们家没有任何能跟树篱或园艺沾边儿的东西，鉴于这一点，这 2 美元实属浪费。

接下来的两个小时——我生命中永远也追不回来的两小时——SP 和卡罗尔忙着搜寻其他的所谓便宜货、和别的顾客聊天，因为他们和我爸志趣相投。我呢，则坐在车里望着窗外，并不理会甩卖会，也不理会 SP 的不当行为，以及卡罗尔的不当行为（卡罗尔有它自己的购物方式，你可能会称之为“入店行窃”）。

“忽略不良行为 / 正面强化”——这个方法似乎没有收获明显的效果。

SP 依然在车库甩卖会上忙活，买了一堆我们不需要的东西，卡罗尔还偷了一只毛绒兔子。

为了不引起他们的注意，我试着不予理会，也不阻止他们的不良行为，但他们压根儿也没理我。

针对 SP 的首次训练实验以彻底的失败告终。

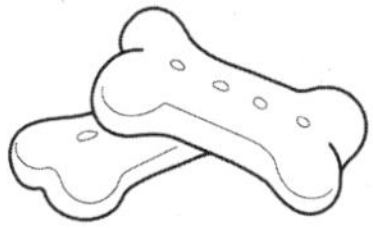

8

第二步

“不会真的失败了吧？”

训练我爸的第一次尝试以失败告终之后，我和啵嘚坐在河边聊天。我有些沮丧。“彻彻底底的失败。”同样的话我在SP实验笔记上也写了——这个笔记本放在我的粉色背带裤前兜里正合适，虽然令人恼火，但我不得不承认这一点。

“你为什么会这么觉得？”

“不管怎么说，他还是去了甩卖会，”我回答，“一开始他好像要放弃了，我给了他一些正面鼓励。但后来他又去了，我没理会他的胡言乱语，也没管甩卖会上的事，但他还是冲了上去，开始……呃……淘便宜货。我按实验步骤来的，但根本没起作用。我甚至想用一只鸟分散他的注意力，但他看都没看一眼。彻底失败了。”

“一次。”啵嘚说。

“什么？”

“你只做了一次。一次太少了，即便这次真的失败了，你的反应也过于消极了。你想想看，如果你的狗狗在地板上撒尿或拉屎，你不理它一次，它就不会再犯了吗？你得继续尝试，再给它一次机会。”

“我之前还以为你根本不信这些。”

“嗯，应该是不信吧。但如果你还想尝试，想做好这个实验，我觉得你至少要付出更多努力。比如我，我会放弃青蛙飞行高度实验吗？不会的。绝对不会。不管花费多少时间和精力，我都会坚持下去，直到打破纪录。”

“我觉得青蛙不会喜欢你的实验。好吧，至少第一只青蛙不会喜欢。”我们安静了一会儿，目光低垂，开始在心里悼念那只死去的蛙兄，“我敢说，如果你事先询问蛙兄，它肯定更想在地上待着。没准儿可以来一次跳高实验。”

“事情已经发生了。”啵嘚说，言语间带着一丝轻蔑，“跳高青蛙——世界纪录书籍里这种事情太多了，但从来没有人做过飞行高度实验。如果不是发生小故障，安全带脱落了，那次实验其实堪称完美。”

“蛙兄掉下来了，摔得四分五裂。那场面又恶心又惹人难过。你还想让另一只青蛙冒死做实验吗？那也太残忍了。”

“哎，这不是重点。”啵嘚转移了话题，“现在的主要问题是改变你爸的……呃，方式——我找不到更合适的词了——他的生活方式和解决问题的方式。仅仅一次实验肯定不够。”

当然，他说得对。正如我们之前说过的那样，对的常常是他。

但不幸的是，一旦他错了，有时可能会导致灾难性的后果，比如让一只青蛙去到从来没有青蛙去过的地方，或是像维京人那样潜入番茄地，被锄头柄砸屁股。

如果撇开这些失误不谈，他的话总是有些道理的。

可问题在于，夏天正是车库甩卖会的全盛时期。甩卖会一个接着一个，为我制造了很多机会，来用新的实验步骤打破他的旧习惯，但我还不知道该如何引入更好的正面强化手段。

所以，我只能做好本分，继续跟着他，试着想办法引入正面强化。另一方面，我也希望我不理会他的时候，他能感受到。说实话，这两项我都不太擅长。

在接下来的一次车库甩卖会上，他大步流星地走回皮卡，手里拿着一个人造皮革材质的公文包。包的外皮已经有些磨损，一侧用金字写着前任主人的名字——卡莱尔。

“给你当书包用。你瞧，课本和作业都能装进去，空间很大，还能再放个三明治或香蕉。”

“可是，”我说，没法不理会 SP，尽管我完全不想引起他的注意，“我的名字不叫卡莱尔。”

他耸了耸肩说：“没关系。你亨利叔叔家的狗还叫卡莱尔呢！而且这更像一个姓氏。你也可以用。”

在接下来的一次车库甩卖会，他把一个巨大的透明垃圾袋丢进了皮卡，里面是一捆捆粉色小方巾。我费了好大劲儿才做到不理会他，我甚至连问都没问，但还是没能阻止他夸夸其谈：“一共

175块，完全可以当毛巾用。”然后我意识到，下次洗完澡之后，我就得用一块8英寸[①]见方的毛巾擦身子了，这将是关乎个人卫生的一项挑战。但我还是什么都没说。

接下来还有车库甩卖会，一次又一次，SP不仅没注意到我的沉默进而调整自己的不当行为，反而好像适应了被忽视的状态。因为我们家又多了114支独立包装的新牙刷。用啵嘚的话说：“一支牙刷只刷一颗牙，你余生的牙刷都够用了。”还有32件XXXL码的迷彩T恤。“你可以用它们做隐蔽帐篷，”啵嘚说，“躲在里面，从公文包里拿出三明治和香蕉，吃完后再一颗一颗地刷牙。说真的，卡莱尔，我觉得你太挑剔了。”

他说话的时候，我一直在叠T恤。SP在之前的一次车库甩卖会上跟一个女人学了一招，能把T恤叠得跟小卷饼一样，这样就能把它们整齐地放进衣柜抽屉里了。

但毫无疑问，我还是得做点儿什么。

在适应“卡莱尔”这个名字之前。

是时候读一读小册子里的其余内容了。

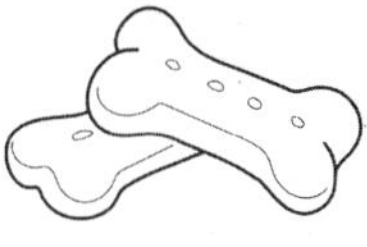

① 1英寸约为2.54厘米。

9

在草地上打滚

啵嘚说，我应该把小册子上的内容直接誊进这本书里，但我还是想继续以转述的方式呈现我学到的东西。（他说我这么做是在给原文做“注解”。我不确定他是否用对了词，但在这件事上他确实帮了很多忙，所以……）

我的下一个实验要点：分散注意力。根据小册子，如果一只幼犬持续实施不当行为，有时候有必要借助幼犬喜欢做的一些事突然分散其注意力，从而避免不当行为。

例如，扔球或者飞盘，在树林或可以遛狗的公园里和它嬉闹，逗它躺在草地上打滚。根据小册子的建议，我得趴下去跟我想要训练的小狗一起打滚才行。

听起来不错。我也试了。但不是在草地上打滚。再开车出门的时候，我会随身带一个棒球，接下来的周末，每当我爸在车库甩卖会前驻足，我都会跳下车，在陌生人家门前的草地上和他玩接球游戏。

或是劝他跟我玩接球游戏。

“真棒！”他第一次接到球的时候，我是这么说的，就好像他刚在中外野的全垒打墙接球制胜。

但我积极的呼喊声作用不大，抛接了几次后，他就被甩卖会迷了心窍。他的视线越过我，看到一台坏掉的面包机，马上就跑过去了。

是一溜烟儿地跑了，甚至连他抛过来的球我都还没接到。

我觉得带他去公园或者在草地上打滚都不会有用的（而且我们家压根儿没有草地，拖车房外面只有泥巴地）。由于扔球的法子也以失败告终，那天晚上我又一次打开了小册子。

后来发生了两件事，虽然可能算不上命运，但也差不多，所以我还是想将其称作命运。

鉴于后来发生的事，啵嘚让我告诉你，那是“彻头彻尾的懦夫行为”，但我觉得他言重了。

那天下午我们回家后，我拿着小册子坐下，又读了一遍（啵嘚让我在这里坦白，说我其实只读了其中的几部分），然后试着写了实验笔记——用我自己的语言写，用一种深谋远虑的方式关注我自己的SP，而不是小册子里的普通幼犬。相比我的SP，幼犬显然更容易训练。然后，我记录了接下来要做的事情。

卡尔：试试给 SP 一些奖励！

小册子上面说，如果分散注意力的方法一开始不管用，你可以做一个表格，列出你觉得你的小狗会喜欢的其他事物，一旦不良行为出现，就用这些事物替代。不同方法变换使用，防止小狗感到无聊。

给个巴掌，再给颗甜枣，再给个巴掌……

不管怎么样，小册子上说，如果一种可取的正面行为变得更加显而易见[①]（啵嘚说这里我应该用“显而易见”这个词，因为它比“常见”更妙），就要全情投入给予鼓励。

赶紧带他走进一家 DQ 冰激凌店，穿过入场区，全速冲向“舞台中央”开始表演！

不过，请允许我先喊个“咔”。

为爪爪喊咔——抱歉我用了押韵梗[②]，但啵嘚说过，当幽默从天而降，你只需迎头赶上。“从这个角度看，幽默跟命运很像，”他补充道，“能留意到并享受绝佳语法的机会很罕见，你得多加关注，好好把握。”

这和卡罗尔有关。

我在一本关于狗狗的科普书上读过一篇文章（好吧，是我爸或

① 原文为 manifest。

② 原文为 a pause for paws。pause 意为停顿，paws 意为爪子，这里指代卡罗尔，这句话的意思是，接下来将插叙关于卡罗尔的事。

啵嘚读完后讲给我听的，但这篇文章我记得很清楚，就像自己亲自读过），说边境牧羊犬是最聪明的狗，聪明程度人类有时甚至都难以企及。书里讲述了这样一件事：一个女人家里有只一岁大的边境牧羊犬，有一次她外出，次日回家后，发现厨房里挤满了羊。但她根本就不养羊，即使她养羊，也绝不会把羊关在厨房里。后来她发现，家里的狗去了附近一座农场，自己打开农场大门，“借”了一群羊赶回家，又自己打开家门，把羊带进厨房。它可能接受不了自家没有羊这件事，但它很聪明，想了个解决办法，那就是偷几只羊回来。

这是一只精明过人的狗，那个家中厨房进了羊的女士也承认这一点，虽然她不得不处理羊在厨房地板上留下的尿和便便。

这是篇好文章。但接下来文章又提到，比特犬是不太聪明的一类，至少不像边境牧羊犬那么聪明。

事实证明，这篇文章说错了。大错特错。

事情的经过是这样的：卡罗尔察觉到了我有些异样。它警觉的样子，就好像是闻到了啮齿动物的气味，如果不是甩卖会上得来的那把躺椅里的老鼠家族，应该就是一只体形超大的家鼠。那是我第三次尝试引导 SP 别去甩卖会，我注意到，卡罗尔开始专注地看我的右眼。右眼是人类的情绪场，是一个参照物，是聪明狗狗试图理解它们主人的一个路径。

当时我们坐在卡车里，正第一次路过那场车库甩卖会。我发现，卡罗尔正盯着我的眼睛看，在研究我。它肯定知道此时此刻正有奇怪的事在发生。那天晚些时候，我们又遇到两场车库甩卖会（啵嘚让我告诉你，夏天里的每个周末，你都可以一个接一个地逛车库甩卖会。再这么下去，我绝对会被逼上绝路），我还是尝试分散我爸的注意力，然后卡罗尔就基本弄清楚我的阴谋了。

虽然不是完全能意识到，但它确实知道我正在引导我爸远离车库甩卖会，但如此一来，它就不能去偷东西了。虽然不知道我这样做的具体原因，但我的确妨碍到了这项活动，让它丧失了原本的活力，这一事实足以让卡罗尔对我起疑心。

它超爱和SP一起逛车库甩卖会，这让它觉得它是和我爸并肩作战的战友。依我看，它肯定觉得他俩处于同一种群体心态中，因此，当他们紧追猎物的时候——其实就是在甩卖会上淘货和偷窃——所有介入它和它领袖之间的因素（包括我）都会激起它的怀疑。

这时候，这只疑心重重的比特犬就会化身成一只警犬。

接下来，我又一次尝试转移SP的注意力，突然感觉有谁轻推了一下我的大腿，我转过身，看到卡罗尔。

它正对着我笑。

称之为“笑”只是我一厢情愿。事实上，它只是把吓人的大犬齿露了出来。

它的整颗脑袋就像是用牙做成的。

牙齿间还泄出一种令人胆寒的声音。

确切来说，它不是在咆哮，而是发出了有些嘶哑的声音，似笑似哭，混合着渴望和威胁的情绪，好像不太愿意对我暴力相向，但如果到了万不得已的地步，它也完全不介意这样做。

它的牙和声音让我脊梁骨一软，脖子后面汗毛倒竖。我摸索着车门把手想赶紧下车，好像之前一样引导 SP 离开甩卖会。但卡罗尔紧盯着我的手，笑了笑，又把视线锁定在我的右眼上，聚精会神地盯着，一直放在我大腿上的爪爪也伸出指甲，差点儿把我抓出血。我的手离开了门把。它点了点头，表示赞同——我发誓真的是这样。

我可不想变残废——我之前看到过卡罗尔在玩的时候把小木板一口咬成两截的场面——所以我退缩了。我重新翻开小册子，试图寻找更多的反馈意见和其他训练方法。

据小册子说，有一点很重要：如果 SP——可能还有 SP 的半武装比特犬——对分散注意力（以及替代法）没反应，你就得使用正面强化休克疗法了，这样才能重新唤起 SP 的注意力，然后再继续用回原来的含蓄方法。选择一些 SP 超爱做的事，借此过渡一下。

要说我爸超爱的事物，没几样能比得上 DQ 冰激凌店，这是个他绝对会掏腰包的地方，而且他不会问人家能不能用干杂活的方式换奶昔喝，外加送狗狗一支甜筒。他似乎很喜欢在 DQ 花钱，我恰好可以借题发挥。如果能让他养成经常花钱买美味冰激凌的习惯，那别的购买行为也就水到渠成了。

幸运的是（倒也不奇怪），卡罗尔和我的想法差不多。在这个世界上，除了撕碎一只觊觎我家溜达鸡的臭鼬，它最爱的大餐大概就是一口叼住 DQ 甜筒，把它整个挤进喉咙里。“挤”这个字可能不太合适，那更像是一种咬牙切齿的状态——对毫无防御能力的 DQ 甜筒大嚼特嚼——每平方英寸甜筒的受力大概有 2600 磅，咀嚼速度快如闪电，香草味的软冰激凌从唇缝间喷射出来，最后它会愉悦地慢慢舔净湿答答的嘴和黏糊糊的鼻子。

就这样，我发现了另一个训练工具——多谢了，美味的 DQ 冰激凌。我立刻将这一方法投入使用。

效果不错。

但只持续了一阵儿。

我基本上沿用了小册子的建议，展开一系列训练流程。效果最好的似乎是其中的两次负面应对法——即在 SP 的两次不良行为之后无视他；然后是一次积极应对法——也就是 DQ 冰激凌。虽然我爸犯错误（我所认为的错误）的劲头儿依然没有减弱的迹象，但我至少能对 SP 施加一些所谓的“控制”了。最起码我在实验日记里是这样写的：一些类似于控制的影响已经出现。

周六早上吃饭的时候，我开始使用一种分散注意力的方法，告诉我爸我正考虑加入夏季棒球联队，想让他陪我练习接球——但我是肯定不会加入的，相信我。他同意了，我们拿上手套去了公园，在卡罗尔充满戒备的注视下玩了一个多小时。

后来休息的时候，我从他眼神里看到了渴望——他恨不得一下午都在车库甩卖会上厮混。

所以我临时起意，提出去镇上的自然中心逛逛，在我爸眼里，那是一个可以媲美 DQ 冰激凌店的地方。而且，在那里，他恰巧没办法买或换到任何令我尴尬甚至毁掉我生活的东西，只要别让他去游客中心的礼品店或快餐店就行了。

还有一个好处就是，卡罗尔可以跟我们一起去，但得用绳拴着它。卡罗尔拖着我们，沿着草地和林间的小路前行，我们一边欣赏林木和繁花，一边留心卡罗尔，不让它靠近有鸭子的池塘，以免激发它的杀戮本能。这样消磨了几个小时后，我们回到皮卡上。我觉得，走了一天，也该回家歇歇脚了，这时候我注意到，卡罗尔开始盯着我的右眼看，上唇微微颤动，露出闪着寒光的牙齿。

于是我提议，让 SP 带我们去 DQ。这回卡罗尔放松下来了，SP 也很开心。我呢，则成功逃离了一次可能会涉及衣服、遮阳帽或性感背带裤的时尚灾难。

后来跟啵嘚讲这些的时候，他说与其说是我训练他们，不如说是卡罗尔训练我，我认可这个观点。确实，为了纠正我爸的行为，每执行两次负面强化法，我们就得带卡罗尔去一次 DQ，这就是它训练我的方法。是吧，这样想也没什么不对。反正我是这么觉得。我的意思是，那是本小狗训练手册，卡罗尔就是只狗。相比 SP，它自然领会得更快一些。

而在这个节骨眼儿上，啵嘚决定成为一名职业高尔夫选手。

可问题是，他从来都没打过高尔夫球，也不怎么了解这项运动。之所以做出这个决定，是因为有天晚上他爸躺在沙发上一边嘬着夜间酒，一边看高尔夫锦标赛，啵嗬就被这项运动迷住了，也被它能带来的巨大财富迷住了。

“想想看，”他说，“只是把一颗白色小球打进地上的洞里，只要能比别人打得好，你就能狠赚一笔。这有啥难的？”

“好像也没那么简单吧，”我说，“我在哪里读到过，高尔夫的精准定义是‘被毁掉的美好散步’①。据说这项运动有时会让人感到很挫败，很多人因为压力过大犯了心脏病。”

“那是因为他们没练好。你要做的就是弄一些球杆，打一段时间的球，练熟就行了。然后就能赚大钱，多到你不知该怎么花的钱。”

“但你没有球杆。你连球都没有吧？”

啵嗬轻哼一声。“物资问题，好解决。话说回来，我得再次提醒你一次，青蛙飞行高度实验即将大获全胜。”但他立刻回忆起了之前那次失败的实验，于是垂下目光，用手覆住胸口作祷告状，“和青蛙飞行高度实验这种风险高又复杂的事情相比，弄一些高尔夫球杆和球回来能有多难呢？接着再用球杆打打球，简直是小儿科。”

所以，在啵嗬学高尔夫球期间，我继续和SP、卡罗尔一起丰富我的训练。

重读实验笔记的时候我发现，尽管投资了大量甜筒，但并没

① 源自“Golf is a good walk spoiled”，意为在草地上散步本是一件令人愉悦的简单活动，但高尔夫引入了竞技性，让散步成为一项令人疲惫紧张的活动。

有产生真正持久的影响。比如在这期间，SP 还是买来了所谓“砖头那么厚”的一沓男童内裤：“这种布料有延展性，洗的时候小心一点儿，别用热水，这样就不会缩水。这些内裤够你穿到老了。”他还买了一台重型商用电动带式砂磨机，它会经常莫名其妙地自己启动（这也是为什么它的售价非常便宜），但我们当时不知道，直到有一天它突然“咆哮”起来，从一块木板上颠到地上，在卡罗尔身后“尖叫”。当时卡罗尔正在我爸的工作间里打盹儿，闻声吓了一大跳。砂磨机扑通弹了起来，像是在追着它跑，卡罗尔开始吠叫。最后，砂磨机把它自己的电源线扯掉了，电断了，卡罗尔一个回身立刻干掉了它，就像臭鼬干掉小鸡一样。

有一天，我正琢磨该怎么攒钱买自行车，啵嗬提出建议，让我去当地的公共高尔夫球场当球童。“就是帮着拿球杆，跟着那帮人到处走，他们就会给你很多小费。准能赚些铜板。”

我们一起去了。但一开始不太如意，这里的球手给的小费并不多。大多数时候，他们只是在大声抱怨，抱怨球杆、天气、球以及制造麻烦的小山和斜坡，还有刺眼的阳光、让他们误判了距离的阴影，等等。这项运动应该叫“有专属球道和球座的白色烦人球”。

有趣的是，打到九洞球场大约中间位置的时候，球手们会遇到一个小池塘，他们得把球打到池塘另一边才行，但几乎所有人都会把球打进池塘里面。

他们会排成一排挥舞球杆，接着你就会听到球杆重击球的声音。啪！几秒钟后，远处又传来球落入池塘的声音。

“我敢打赌。”啵嘚一边说，一边盯着池塘看，我们停下手上给草坪浇水的活儿，就着水管喝水，“那座池塘底下肯定全是高尔夫球。要是把它们都捞上来，我的整个高尔夫职业生涯就不需要再买球了。”

因此，那天夜里，我们带上麻袋，骑车去了高尔夫球场，到池塘里打捞高尔夫球。池塘底部满是浓稠的泥浆，我们光着脚踩了一下，里面果然埋了很多球。我们一个猛子扎下去——水深大概只有 5 英尺——用手在泥巴里摸索，去抓那些又硬又圆的东西。经过几个小时的打捞，也不知刨了多少泥巴，我们捞出将近 300 颗高尔夫球。

是 296 颗。啵嘚让我精确一点儿。

啵嘚不仅富于创造力和想象力，而且极有进取精神。他认为，他的高尔夫职业生涯最多只需要 4 颗球，以防万一可以再多备一颗，5 颗就行了。所以，他说服俱乐部的一名职业高尔夫选手（同时也是练习场的经营者）以每颗 20 美分的价格买下了剩余的 291 颗球。

我们一共赚了 58 美元 20 美分。

一人一半，各得 29 美元 10 美分的纯利润。

是真正的钱。不是以提供服务的形式，以交换为目的而储存起来的能量。当时我以为，我可以用这件事——我能赚到的不仅仅是能量等价物，还有真正的钱——作为范例来说服我爸，让他相信这么做没什么不好的。但结果证明，我错了。

我拿着自认为有说服力的数据（也就是真正的现金）给我爸看。

我的个老天。

他是这么跟我说的："精打细算着花，这些钱估计够你在车库甩卖会和二手服装店买一年的衣服了。我是说在学校穿的衣服，不包括你已经有的鞋子和内衣裤。但前提是，你得精打细算。"

这次啵嗬没有同意我爸的看法，他站在了我这边。"29 美元 10 美分，连一件像样的 T 恤都网购不到，更别说在实体店买了。你知道吧，实体店的东西价格更高，因为他们得把店铺的运营费用算进去……"秋日临近，他放弃了高尔夫球，打算成为一名经济学家，因为这是一份"靠得住的职业"。

啵嗬的说法当然没错。我爸呢，依然体会不到现金的魅力。经历了一系列事情之后，我又回到原点，或者确切一点儿说，我又回到了小册子上。

但在此之前，我还有一件事要讲：我爸差点儿误杀我。

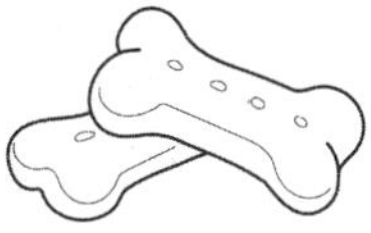

17

哈雷

我认为，这个故事里有一点很重要，此时此刻我希望你能理解：试着“重启”我爸的时候，我们生活的其他环节仍在继续。

我们吃早饭，吃晚饭，晚上睡在拖车房里的床上，给数量飘忽不定的鸡和两头猪喂食，收拾卡罗尔捕杀、撕碎的臭鼬尸体，然后装进桶里，用来捕鱼、堆肥——换句话说，我们在努力“活下去”。

对我爸来说，不断寻摸他所谓的便宜货是“活下去”的一部分，但这次我说的并不是车库甩卖会上的便宜货，而是每周三和周五塞到我们邮箱里的购物单上的那些东西。发现他觉得特好的商品时，他会找上门，对店主进行——用啵嘚的话形容就是——“物物交换爱好者的进攻”。

我爸热爱物物交换。在他看来，精力、能力、知识都是可以交换的事物。为了不花钱，他能交换一切。“我有个小配件，”我很小的时候他就会这样跟我讲，“约翰·多伊有一口不用的电煎锅，而且他需要我那个小配件，我们就交易了，或者说交换。简单易行。这是商业领域里最棒最纯粹的一种方式。”

“什么是小配件[①]？”啵嘚问。那时我正又一次向他抱怨我爸宁愿花费精力也不愿花钱的种种行径，“听起来像是一种臭烘烘的夜行动物。”

“Widget，指小巧的机械设备，词源我就不知道了，”我说，“我在网上查了一下，这是这个词的通俗定义，有时候也用来指代计算机微件，但网上好像也没人说得清楚这种用法究竟是什么意思，所以我用的是它最通俗的意思。提到小配件的时候，有时候用 gadget 这个词更合适，有些人会误用成 widget，比如……”

“谢谢解释。”啵嘚优雅地打断我，岔开了话题，“所以你爸喜欢物物交换。”

“我觉得这已经是他赖以生存的方法了。他爱惨了这种方法。”

“但是……”他说。也不知道他在但是什么。

“确实。大多数人都不愿意用交换的方式获得新东西，这种做法的确也没得到普遍的接受。加上粗心、更关注事物的精神层面而非结果之类的原因，他还做过一些奇怪的交易。呃，我的意思是，他的物物交换行为并不全是失败的或是错误的。他就找到过一台很棒的后叉耕耘机，是用一台经过修理、装上新的传送带系统的干衣机换的。稍微修一修发动机，就能轻松地给菜园子翻土

① 原文为 widget（小部件、机械配件），此处啵嘚可能听成了 badger（獾）。

了，比锄头和铁锹可好用多了。”

“所以，只要努力，”啵嘚说，“就会出奇迹。我是说物物交换这件事。不过一旦出问题，也会带来灾难。”

比如那辆哈雷-戴维森。

当然，我说的是我爸从一个名叫 CB 的前摩托车手那里弄来的一辆软尾哈雷摩托，作为交换，他给对方建了一间小畜棚，用来饲养山羊和鸡。

我问我爸 CB 这个缩写代表什么，他说这是那人的绰号——棺中口气（Coffinbreath）。CB 的口气闻起来虽然没有薄荷味，但也没那么糟（比如站在奥斯卡的下风向闻到的那味儿，或是卡罗尔在夏天杀死一只臭鼬后睡在我身边时那味儿），询问 CB 他为什么会有这个绰号似乎是件不太明智的事情，但我还是很好奇。

我跟啵嘚讲到这件秘事后，他说我还算聪明，没去管这事儿。“言多必失啊。那人之前是个摩托车手，绰号还是什么‘棺中口气’。冲动是魔鬼，你最后可能会变成他引擎盖上的装饰。”

但其实 CB 人很好，他说他们之所以需要那间畜棚，是因为他和“他的女人”打算做农民。CB 的女人叫普里迪，但 CB 提到她时不会说这个名字，反正我听到的基本都是“我的女人”这个称呼。比如：“我们打算自己养牲畜、种蔬菜之类的玩意儿，我的女人需要一个地方安置那些动物。”或者：“我的女人想让我给山羊挤奶，所以我需要一个能固定住山羊的木架，因为那些年骑摩托，我的后背、膝盖啥的都造坏了。”还有：“虽然我一直告诉我的女人，相比挤奶我其实更擅长搞发动机，但她说我可以学，不管是给山羊挤奶还是其他一些混账事儿。”

CB 说起话来可能像一个会性别歧视的蠢货，但很显然，他对“他的女人”言听计从，她让他做什么，他就做什么。

我爸对 CB 的提议很满意。“弄一辆哈雷摩托对我们之后的交换大有裨益。谁不想要一辆哈雷呢？”他说。那时候 CB 正把这辆摩托（CB 管它叫“大猪仔”[①]，而在普里迪口中，它则是一个“震天响的双轮死亡机器，那啥，我已经受够这个该死的玩意儿了”）从他们的车库里推出来向我们展示，好像我爸占了多大便宜一样。（“这款车，那啥，永远都是抢手货。”普里迪补充道。可能她担心我爸想退出这次交易，但这根本不会发生。）

我把哈雷的事告诉啵嘚的时候，他差点儿流口水。“小妞儿都爱哈雷。”他说，“我们可以骑着它兜风，她们会扑上来的。”

我觉得，作为一个初出茅庐的经济学家，他嘴里吐出的词语似乎不太妥当，所以我看着他说：“小妞儿？”语气就好像在说：“暑假作业？”

他翻了个白眼，说：“镇定点儿伙计。我们这个年龄，这样想很正常。”

有时候你会纠正你的朋友，不让他成为 CB 那种古板的、歧

① 原文为 hog，原意为“猪”，后以俚语形式指代大型摩托，尤指哈雷-戴维森。这一说法源自 1920 年的一场赛事，两位车手骑哈雷摩托夺冠后，怀抱一只小猪作为吉祥物留影，自此人们开始用 hog 比喻哈雷-戴维森。

视女性的蠢货；但有时候，你会选择什么也不做，让他尝尝报应的滋味，有朝一日总会有人教训他的无礼，把他变成一个绅士该有的样子。我选择了后者，因为将来一定会有某个初出茅庐的女权主义者给他训诫，让他再不敢越轨，而此时，我不必多此一举。有时候，善意的提醒没什么用，吃一堑才能长一智。而且我正忙着训练我爸，没工夫管啵嘚。

所以，我爸为普里迪和 CB 建了一间小畜舍和一个羊圈，我自然也帮了忙，那段日子过得其实还不错。因为忙于这项工作，我们没去车库甩卖会或是二手服装店，那几个星期里，我甚至不必操心正面或负面的强化方法。

卡罗尔自然和我们一起去了 CB 和普里迪的家，而且很快就和 CB 搞好了关系——他们俩说的似乎是同一种语言，基本上就是一连串的抱怨和咕哝声吧——这样也好，它不再盯着我的右眼瞧了。

另外，我交了个新朋友。一天下午，我们正忙着建屋顶，我来回跑着，给我爸往屋顶上递瓦片（还是应该提一句，当时我穿的是一条浅粉色背带裤，屁股的位置印着诱人的“火辣”一词，已经有些褪色），普里迪朝我走了过来。

“你的背带裤不错，”她说，“我有，那啥，几乎一模一样的一条。我们养了山羊之后，你，那啥，想什么时候过来都行，来喝新鲜的山羊奶。那啥，免费喝。不过你知道的，得等 CB 学会，那啥，学会挤羊奶。”

我点了点头，笑着向她道谢，但我十分肯定，我没那么期待山羊奶的味道，更不会特意来这里讨一杯免费的奶。而且我也觉得，CB，那啥，你知道的，不会那么快学会挤羊奶。（后来事实证明，我这两个判断都错了：CB 确实学会了给山羊——CB 给它取名“贝蒂”——挤奶，而我最终，那啥，也爱上了新鲜的山羊奶。）

终于，有一天早上，CB 骑着摩托车，顺着我家门前那条脏兮兮的车道驶来，虽然摩托车装了消音器，但还是像机枪一样叮咣作响。他把车停在拖车房前，然后坐上普里迪那辆丰田普锐斯回了家。离开爱车的时候，我觉得我看到了 CB 眼里的泪水，但这也可能是我的幻觉。我觉得他不像那种多愁善感的人。

然后，我们家就突然有了一辆哈雷-戴维森。

就停在通往门廊的小路边上，离我们的邮箱大约 4 英尺远。此前我没有太多感觉，直到它真的停在了我们的院子里，在阳光下闪闪发光，即便在拖车房里也能透过窗户看到它，真是光彩夺目。

对你们这些不了解实情的人来说，一辆哈雷-戴维森几乎是魔法一般的存在吧。

耀眼，迷人，魅力无限。

靠得越近，看得越久，就越是深陷其中。

好吧，我知道并非所有人都会看见辆摩托车就兴奋得不能自已。不过，站在我的立场你就能明白了——我只骑过带脚踏板的车，只坐过一辆破烂的雪佛兰小皮卡（开起来还咔嚓作响，坐在里面，你会觉得戴耳塞跟系安全带一样有必要），除此之外再无其他。这样一来你就会知道，这辆摩托车对我来说意味着什么。

简而言之，哈雷-戴维森摩托是世界上最酷的东西。而且，一旦你有了一辆——它出现在我们家简直是奇迹降临——你就会把它的名字简化成“哈雷”。

我身上的每一个毛孔、每一个细胞都叫嚣着，让我走出去骑上那辆哈雷——独一无二的哈雷，然后打火，轰隆而去，从此在公路上度过我的余生。阿门。

我会停在佩吉面前问她，想不想坐上这辆气势磅礴、雄性力量爆棚的车兜个风。接下来，风吹动她的秀发，她眼含笑意，坐上车后座，紧紧搂住我的腰……

啵嘚说我又跑题了，但他明白哈雷这种醉人心神的影响力。我想你也明白，所以不用纠结刚才那段。

虽然还不会骑摩托，但我还是走了过去，骑在上面，尽可能保持平衡，还把撑脚架蹬上去了。我开始在脑海里勾勒自己驾驶这辆哈雷，转动油门手柄，车开始嗡嗡作响的场景。但哈雷这种车太重了，我开始往一边倒，车身越来越歪，突然就控制不了平衡了。我浑身是汗，四肢颤抖，试图在摩托车倒在身上之前将它扶正。费了九牛二虎之力，车勉强直立回去，我赶紧把撑脚架踢了下来。这简直是个奇迹，因为哈雷-戴维森最重能达到905磅，最轻的也有540磅，而我的体重只有105磅。在自家前院被一辆哈雷压死算得上第二糟糕的死亡方式。第一糟糕的则是在高速公路上被一辆失控的哈雷碾压，然后滑到一辆半挂车下面，接着又……

卡罗尔在一旁目睹了整个经过，在我看来，它可能觉得这辆摩托车是我用了什么手段从它的新朋友 CB 那儿偷来的，它可能还觉得我疯掉了。之前我试图分散它和 SP 对车库甩卖会的关注，卡罗尔十分不悦，现在倒是好多了，它不再对我龇牙咧嘴，也不盯着我右眼看了。

我爸呢？把哈雷停在院子里之后，他就慢悠悠地走回工作间做别的事了。我觉得他已经忘了这辆车。而且，坦白说，我可能过于沉迷了，根本没在乎我爸身在何处，没准儿他已经从地球上消失了也说不定。哈雷有致盲效果。

我是说，我爸当然一直都在家里。再次注意到他的时候，我看得出来，他已经做好了回归他正常生活方式的准备——我是指到车库甩卖会上淘货。本来我应该重启强化训练项目，但我不必这么做了，是哈雷救了我。

呃，至少一开始是这样的。

以下是事情的经过：有一天早上，他坐在厨房里喝咖啡，我在吃麦片，同时目不转睛地盯着窗外的哈雷看。他也看向窗外，眼神有些许变化，好像孕育了一丝暖光，闪闪发亮，然后他轻声说："CB 说它的燃油系统有点儿毛病。我可能得检查一下。"

我想的是：不要。你可别再折腾燃油系统了。

我爸对发动机的燃油系统有一些神奇的理解。他懂行——但不是常规的那种懂行，而是类似神秘的黑魔法——明白燃油系统及其潜能。他会拿起最普通的工具，比如扳手、螺丝刀和放大镜，动手修补，然后发动机就会变异。对，就是这个词——变异。他会把发动机改造成另一种形态，不再是正常的、实用的、安静的机器，而是成为大口吞噬燃料、异常狂暴的咆哮巨兽。

我爸在燃油系统方面的特殊才能招致过一些灾难，比如那次著名的“碎木机恐怖事件”。他给别人修理了一台由发动机驱动的碎木机，换来一摞屋顶用的瓦片。据碎木机的新主人说，我爸帮他给发动机燃油系统做了些“调整”之后，他按下启动开关，随即碎木机突然失控，开始逆向运动，不仅没绞碎那块3英尺长的木板，木板还从进口喷射出去，直接砸向了他的新车，从前风挡玻璃贯穿到后风挡玻璃，玻璃被撞了个粉碎。按下停止按钮的时候，他发誓说他会“把宾奇救出来”，但碎木机似乎深吸了一口气，然后把周围的所有东西都吸进去了。除了那些被钉子钉住的。

宾奇是他妻子的宠物猫，他妻子坚持认为宾奇被卷进了碎木机那极具破坏性的超速木屑旋涡里，它被一口吞掉了，吃干抹净。

她让律师寄来了一纸诉状，里面是这么写的：“碎木机把我的猫整个吞掉了。”

总好过碎木机只吃了猫的一部分，给她留下，呃，吃剩下的猫。我说得没错吧？我个人认为，碎木机启动后宾奇就跑开了，跑去一个没有科学怪人牌碎木机的地方避难，因为猫很聪明，行动速度也快。

可不管怎么说，宾奇确实永远地消失了，所以我们又从老奥斯卡院子里弄来一只小猫送给这个女士。她的丈夫也向她保证，只要这“一整只”猫在外面，他就不会开启碎木机。我爸和我帮他把碎木机拖到了他家房后一块开阔的空地上，在这里，它吸不到任何东西，也不会再造成一场飓风般的喷射。后来我们去了寄信那个律师的办公室，他说他等着把我爸告上法庭，赢得“精神和财产损失引发的巨额赔偿”，然后他瞥了眼我们停在外面那辆坑坑洼洼的 1951 年款半吨载重雪佛兰皮卡和穿着粉色背带裤的我，随即举起双手，嘟囔着什么“输定了，输定了”，接着就把我们赶出了他的办公室。我爸笑着告诉我，解决法律问题的时候，调解远远优于诉讼。

让我们回到正题：当我爸拿着他的工具箱开始修理哈雷的燃油系统时，你可以想象出我有多害怕。我总不能一直仰仗小奶猫来解决我爸在燃油系统修理上造成的所有麻烦。

“这简直是冒渎[①]。”我告诉啵嘚我爸正在修理哈雷的时候，他是这么回答的。

“冒渎？”我问。我好奇他是从哪儿学会这个词的，担心他是不是又想成为一名牧师或精神领袖之类的，因为我觉得我不想应付这样的啵嘚——四处做证，唱振奋人心的歌曲，催促我忏悔罪过，好让我能在宽恕之光下自由行走。

“是的，你懂的。让他在一辆这么帅的哈雷身上胡搞。这辆

① 原文为 sacrilege。

车，啊，已经很完美了吧？还瞎折腾什么，这难道不是一种冒渎吗？对理念的轻渎[①]？”

“他就喜欢这么做。”我耸了耸肩，说道。我觉得我必须弄清楚啵嘚最近在读什么，因为他用了很多陌生的晦涩词语，而且他好像知道这些词的意思，难道他创立了一个宗教？我想排除这种隐忧。“只要不干扰我重新训练的‘理念’，我就不打算管。”说话间，我给出了自己对“理念”这个词的使用方法，以免他觉得我根本没理解他说的话。

但是话说回来，后来发生的事确实令我不太能理解。

不过有时候，无知是福，在那段短暂而快乐的时光里，SP 忙于哈雷的燃油系统，没出去做那些会让我难堪、毁掉我生活的事儿。那段日子十分愉快，卡罗尔也没再盯着我的右眼看，它设法消灭了一只臭鼬还有别的什么动物，可能是囊地鼠——但其实很难通过它留下的残肢判断究竟是什么动物，所以那几天我喊它“碎木机”。

只是好景不长，我的快乐时光终究有结束的一天——我爸完成了哈雷的维修工作，启动了它。

CB 骑它过来的时候，它一直叮咣作响。就像我之前说的，那声音像机枪。但现在，我爸给燃油系统施了些黑魔法之后，现在它……

① 原文为 violation of concept。

它发出了一种十分特别的声音，似乎来自我的身体，我的灵魂。那是一种深沉的、引人共鸣的低吼，就像闪电击中附近的树时发出的轰鸣。一阵地动山摇、令人心颤的爆破声传入耳朵，撼动我身体里的每一个细胞，又顺着每一个毛孔传递到体表。

一辆哈雷摩托轰鸣着驶到我眼前。

我爸坐在上面。他看着我，在发动机的轰鸣声里大喊：**“戴上你的头盔，我们去兜风！”**

我觉得他是这么说的。我是根据他的唇型分辨出来的，因为哈雷的声音盖过了一切。而且说实话，有那么一瞬间我想过拒绝他，因为改造后的哈雷像一头野兽。要骑上去吗？我感到害怕。

但是，我身体里显然有一部分自我没能进化出自卫本能，这也证明我的确是我爸的亲儿子，也是啵嘚最好的朋友——这一部分自我接管了大脑，开始疯狂暗示：如果不骑上这辆哈雷，如果不做这件事，等到头发花白那一天，你可能会一直回想当年，后悔自己没骑这辆哈雷。

因此，我拿上我的头盔——在车库甩卖会上淘来的一顶旧橄榄球头盔，侧面印着“野马队”的字样，把它戴在头上，跨上摩托，坐上后座。后来我才知道，摩托车后座被称为“娘们儿座”。我身穿粉色背带裤，头戴橄榄球头盔，粗莽冒失地冲我爸喊：“走吧！”

事实证明，我对接下来发生的一切都没做好准备，不过倒也没什么，因为接下来的 3 分半钟记忆并不十分清晰。

无独有偶，3 分半，也是这次兜风的时间。

我爸转动油门给摩托加油的时候，我记得我往下面和后面都看了看。我看到排气管尾部喷出一条 1 英尺长的火舌，当时我想的是：哇！就是这样。哇！火！

但理智告诉我，哈雷摩托不应如此，排气管尾部是不应该喷火的。

摩托车向前奔去，轮胎接触到布满碎石的车道时，车子发出轰鸣，尖叫着向尽头冲去——碎石车道长约 150 码[①]，尽头处有一条河，及时拐弯就能切进主路。

快要抵达车道尽头即将拐弯的时候，我不知道当时的速度有多快，但我依稀记得，我感觉我们不可能拐过那个弯道。

车体突如其来的强大动力和剧烈的加速度令人惊骇，我感觉到我爸的身体紧绷起来，那一瞬间我立刻意识到，他远远算不上一个合格的车手，对摩托车的控制能力根本不达标，他无法掌控摩托车的速度和动力。我们正急速冲向一个不可能拐过去的弯道。

摩托车笔直地向前冲去，以迅雷不及掩耳之势穿过时间与空间，在碎石车道尽头腾空而起，飞出一段距离，以一道完美的抛物线越过河岸，动作之利落，就像尽在我爸的掌控之中。最后，摩托车落入河中央，溅起巨大的水花。当时我们俩仍然坐在座位上，我爸紧紧抓着车把，我紧紧抓着他。

---

① 1 码约为 0.91 米。

你完全可以想象到，这辆车是浮不起来的。（啵嘚让我提醒你——我之前也说过——哈雷摩托的重量在 540～905 磅之间。）

突如其来的落水，让我们俩惊呆了——既惊讶，又害怕——我们被摩托车的重量拽了下去，下沉了大约 15 英尺后，我们的脚踩到了河床。

脱身之前，我非常肯定我吞下了将近 1 加仑[①] 的泥汤，天知道里面有多少乌龟便便。

但在几秒钟内（那几秒长得像几天，我的人生走马灯般在眼前闪现），我们的求生模式启动，极力挣脱下沉的哈雷摩托，挣扎着浮出水面，费力爬到泥泞的河岸边，终于脱离险境。我们湿漉漉地倒在一边，气喘吁吁。

我爸呛了满嘴淤泥，粗着嗓子说：“唉，我觉得我修得不太对。”

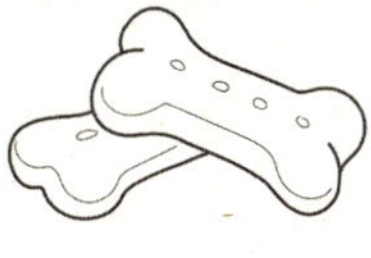

① 1 加仑约为 3.79 升。

11

水枪、喷瓶都试试

结果证明，我们担不起“摩托一族”的称号。

我爸借来一搜打捞船，上面配有一个巨型液压升降臂——居然能“借”来一搜打捞船，这足以证明他的物物交换体系的厉害之处——经历了多次失败尝试之后，打捞船的爪钩终于抓住摩托车，把它从泥浆中拽出来，拖到了岸上。

运行中的发动机很烫，机体遇到冰冷的河水之后爆裂开来。我们用爪钩去挂、去钩、去抓，最后深陷在泥浆里的摩托车总算松动了，但车体和悬架已经散了。我们把它从水里弄出来带回院子，这辆哈雷——出色、完美、强大的哈雷——彻底毁了。

“很像现代艺术。”啵嘚说，他试着从积极的角度看待这个问题，“像是某个人仿造出来的摩托车雕塑。怎么说呢，比如你向大猩猩金刚扔了一辆摩托车，它大手一拍，摩托车瞬间被压扁，就会是这么个样子。摆在草地上当实验艺术应该不错。你可以找个显眼的地方安置它，再在里面种上一些花，人们会以为你这么做是为了装点院子，让你家别具一格。将它作为交谈的开场白也不错。你得不时地往里添些新物件——比如把你那个摔成破烂儿的橄榄球头盔镀上铜放在上面——等我哪天名声大噪，大伙儿都想了解我的时候，他们也会想顺便了解一下我最好的朋友，到时候你可以展示这个玩意儿，向他们收费，小赚一笔……”

可是，我爸却不想再碰摩托了。

通常来说，类似的结果会激励他回过头来继续研究和修理，追溯失误，把一件东西变得更好，但这次他没有。

他和哈雷的缘分到头了。他用打捞船上的爪钩把它抬到皮卡车厢里，然后拉到了老奥斯卡那儿。他把哈雷扔下，离开了。就那么抛在身后，头也不回。

眼不见心不烦。但即便是这样，那辆哈雷好像还是影响着我爸，而且不是什么积极的影响。

在我看来，他把这件事当成了一次失败经历，为了弥补对自己技能的失望，很显然，他下定决心，之后要尽己所能取得更多的成功。

随后，他当然一头扎进了车库甩卖会（其实也带上了卡罗尔和我），还读了许多当地的免费购物传单，寻找物物交换的机会。我呢，忙得不可开交——执行了两项负面强化实验，然后是一项正面强化实验。那段日子过得混乱不堪，到了晚上，我甚至提不起精神往笔记本上记录实验和结果。

狗粮袋子里那本小册子向我保证，坚持不懈就能取得成功，所以我在尽可能地坚持。

但后来发生了一件极其“社死”的事，就是……嗯，后面你会知道的。用啵啰的话说，这就是所谓的“制造悬念”，每一本好书里都会有悬念。

当时是夏末，镇上的商场进购了大批新产品。这也意味着，我们又可以去那家食品店后面的垃圾箱里淘货了——蔫枯破烂的蔬菜和软趴趴的水果可以拿回去喂猪，还有各种没卖出去的食物，比如大理石黑麦面包、过期的桶装酸奶以及脱水氧化的速冻比萨，人要是吃不了，也可以用来喂猪。东西多到简直要把垃圾箱挤爆。

那天我们把车停在食品店后面，一座可遇而不可求的食物金矿出现在眼前。那里有 30 磅分装好的鲜奶油，近 40 品脱[①]略微变质的草莓，11 块过期的天使蛋糕。

垃圾箱满满当当，我们赶紧扑上去，把那些食物装上车，然后立即拉回家喂猪。我们扯开包装盒，把鲜奶油倒进食槽，再把草莓丢进去，最后是蛋糕。效果立竿见影——猪几乎把头浸在了奶油里，它们掠取着浆果，每过一会儿就抬起头来喘口粗气，再猛地吞下一大块蛋糕，然后又把头没进奶油里忘情地咀嚼，吭哧吭哧。食槽里冒着气泡。

吃食的猪是世界上最快乐的生物。这一点你可以相信我。

我们急匆匆地往食槽里倒了最后一批食物，打算赶回商店再

① 美制中 1 品脱约为 0.47 升。

运一趟，这时候我脚下突然绊了一下，一头栽向盛满奶油的食槽。倒下去的时候，我蜷起身子，扭动着滚到一边，好歹避开了食槽，但还是摔到了一旁的猪粪上。

多希望我当时只是摔进泥浆里了啊。但我没那么幸运，因为很快就有一股味道窜进鼻腔，我知道那绝不是潮湿泥土的气味。用啵嘚的话说——每天来我家他都会这样说上几次——地球上大概没有比猪粪更臭的东西了。

因为还要赶回商店再拉一车蔬菜回来，去晚了可能就被垃圾车收走了，我爸说没时间让我洗澡和换衣服了。“用猪圈旁边那个软水管简单冲一下，你再使劲儿抖一抖，路上把车窗打开让风吹吹，到了镇上你身上就干了。”

那天我穿的（当然）是一条粉色背带裤，而且软水管里的水根本就冲不掉猪粪。为此我发了一番牢骚，因为我不想穿一条沾满猪粪的粉色背带裤去镇上，即便是去垃圾箱里淘货。但我爸不管这些，他唯一担心的就是失去这次“稍纵即逝的好机会”。

“我们不能错过那批优质蔬菜，”他说，“猪不能只吃蛋糕和奶油——我们得平衡它们的日常饮食。没人会注意你。没事儿的。”

此前的一周我在菜园子里干活，因为没戴帽子导致鼻子和耳朵严重晒伤。这让我成了个紫鼻子、红耳朵的家伙，跟“时尚男孩”相去甚远。为了遮住丑脸——认真的，我没心情说笑——我此刻正戴着那顶大号遮阳帽。

前面的帽檐还是半透明的绿色。

而且，因为我爸那辆皮卡里没有空调，车窗开着的时候，会有强劲的风从前门的三角窗灌进来，我只能在帽子上装一根带子固定在下巴上，防止帽子被风吹落。而我能找到的只有一条橙色打包绳。

粉色背带裤，满身猪粪，头戴遮阳帽，耳朵和鼻子红通通——小丑扮相所需的道具基本齐全了——坐在一辆年过半百的老式破皮卡的副驾驶座，目的地是垃圾箱，身旁有一只笑里藏刀的比特犬，正紧盯着我的右眼。

好极了。

但我爸说的可能是对的吧——没人会注意我。

此时大概是介绍本书新角色的一个好时机。玛吉，一个老妇人，她经常在镇上和附近的村子里闲逛，自称“摄影记者”。也就是说，她会寻找有趣的事物，用手机录制视频，然后把内容编辑成重磅新闻，再向当地的新闻频道投稿。她的大部分作品都没在电视上播过，除了……

你大概已经猜到发生了什么事，对吧？

当时我注意到，她的车停在商店前面的停车场里。那是一辆老款丰田，侧面画着花朵和奇怪的闪电图案。怎么看，她当时应该都是在商店里买东西吧。

但根本不是。

在未经我们知晓 / 准许 / 同意 / 认可的情况下，她侵犯了我们的合法权利，拍摄了几段视频。拍摄视角显然是商店墙角后面，还绘声绘色地配上了实况解说，然后投给了新闻频道：

“这段视频呈现了一种绝对环保的、可持续的生活方式，一个当地家庭将没人要的食物带回家养活自己和牲畜。父子二人用实际行动证明，这件事是能够做到的。”

那一刻我“光芒万丈”——我在垃圾箱里埋头翻找，成了晚间新闻里人文版块的主角。

5 点播了一次，6 点播了一次，唯恐有人没看到，11 点又播了一次。而且，由于新闻发酵得很快，电视台旗下的各种社交媒体平台也都发布了。

五彩缤纷的视频啊。

怕你记不清，我再重复一遍我当时的形象。

我正从垃圾箱里往外搬破烂儿，鼻子红通通，耳朵皱巴巴，耳尖也通红，粉色背带裤上沾着泥巴和猪粪，遮阳帽被死死拴在脑袋上，用来固定的橙色打包绳已经有些磨损。一只比特犬站在一旁，我发誓它肯定察觉到了有人在拍我们，但它只是对着镜头露出了最美好、最灿烂的笑容。

我当然知道这并不完全是我爸的错。他也不知道那个如同狙击手一般的“记者”会关注到我们，还在我们奋力淘破烂儿的劲头里发掘出了新闻价值。我承认，这种事不是所有人都能预测到进而避免发生的。

但从现实的角度来看，这一切确实得归因于我爸不花钱的行为和生活理念，我当天不得不穿的那条可笑背带裤，他的战果就是。啵嘚指出，我刚才那句话倒装了，他还让我提一句，衣服其实无关紧要，在垃圾箱里翻垃圾才是让我蒙受屈辱的主要原因。

所以这件事虽然并不完全怪我爸，但主要责任在他。可是，被邮件风暴席卷的人却是我，毕竟我爸连电子邮箱都没有——标题栏那里尽是些“垃圾箱男孩”“垃圾战士”“垃圾小兄弟”什么的。

看到新闻片段、社交媒体上的帖子和我收到的电子邮件时，他仅有的评论就是：“报道不错，精准呈现了我们的可持续生活，这简直是高品质生活的典范。在这个问题上我们还真是走在了前头。瞧好吧，我们很可能会掀起新浪潮。”

“极致影像。”第二天早上啵嘚说，后来他把那天称作“爆炸新闻日”，“玛吉肯定更新了她的视频网站。我一眼就能看出来里面的人是你。老天，我甚至能看清你眼睛的颜色和下半边脸上的一些痘痘。”

啊，好极了。我想。痘痘，还有痘痘呢？我想说的是，我知道自己的初始社交段位并不高，但这下坐实了：我彻底“社死”了。怎么说呢？我能不能独自搬到另一个国家，换个名字继续生活下去？——大概就是这种程度的“社死”。

“可能还要更糟。”啵嘚说。

“怎么讲？”

他开口想要解释，但立刻意识到自己可能解释不清楚，于是马上换了话题：“这件事的处理方法就是：接受它。发份声明解释一下，那天你之所以穿得很糟，是因为你正在垃圾箱里翻猪食，干这事儿为什么要穿那么好呢？这样大家就不会觉得你一点儿时尚感都没有了。完美。”

发一份声明。好极了。然后我做了一件之前从来没做过的事——在啵嘚琢磨出借这次灾难赚些铜板的办法之前，我走开了。

好了。

我们还是说回小册子吧。

小册子里说——依然是转述，而非直接引用——如果含蓄的负面、正面强化法收效甚微，可以尝试采用一种更具实操性的否定理念。

小册子说，可以试试水枪。

而且要暗地里做这件事。如果 SP 开始出现不当行为，比如弄脏地板，就趁 SP 不注意的时候用水喷他。这样一来，SP 会被不知从哪儿冒出来的水珠弄得不知所措，注意力会暂时分散开，你可以趁机做一些积极化的处理。

听起来很简单，但编写小册子的人没有遇到我的问题——整日被一只名叫卡罗尔的比特犬监视，它已经对我产生怀疑，在它看来，那辆哈雷是它亲爱的 CB 借给我们的，而且很可能是被我弄坏的。

结果，它对水枪的反应很激烈。当时我没料到，但我永远都不会忘记。

我买了一包小号塑料玩具水枪，特别小，几乎可以握在手心里，也可以放进口袋。而且确切点儿说，它们是粉色的——这一点倒是不错，因为我不想让别人误以为我拿着一把真枪瞄准我爸，毕竟我现在可是镇上的话题人物。趁我爸在屋外，我拿了把水枪在厨房水池里灌满水，打算把它放进裤子后面的口袋里。

当时卡罗尔也在拖车房里，正严密地监视我。我离开水池，转身想把粉色迷你水枪插进口袋，卡罗尔突然跳了起来，从我手里叼走了水枪，动作像外科医生一般灵敏迅速。然后，它那钳子一样的大嘴上下开合（还记得它吃DQ香草甜筒的样子吗？当时我们讨论过它的咬合力，每平方英寸甜筒要承受超大的压力），水枪面目全非。确切地说，它把水枪嚼成了一堆湿答答的塑料碎片。

起初，溅出来的水让它产生了一丝困惑，然后它把水枪残骸吐到地上，对我笑了笑，又开始专心凝视我的右眼。

好吧。我想它不喜欢刚才那把水枪。

它朝我低吼。像是远处的雷声。听起来像是“我要弄死你”的那种声音，像狼人准备攻击时发出的声音，像是你在下水道转悠时会听到的那种声音。

但我还是振作起来，拿出另一把水枪，转身朝水槽走去，准备装水。这一次，它在我装水之前就把水枪抢走，随即嚼碎了。

塑料袋里一共有4支水枪，它按部就班地把它们尽数毁掉，然后夺走我手里的空袋子，把它撕碎，好像那是刺痛它最后一根神经的一只臭鼬。

所以我想，是卡罗尔不喜欢水枪。但我还是松了口气，至少它没把我的两只手撕碎。我一边琢磨，一边擦干地板，把塑料碎片清理掉。

卡罗尔以前过得很难——那时候它不吃甜筒，不杀臭鼬，也不在车库甩卖会上偷东西，直到遇到我们，被我们带回家——或许它脑袋里有一些关于枪支的糟糕记忆。

所以，即便它常常对我露出骇人的笑容，还试图阻止我训练SP，但鉴于它过去的创伤，我十分尊重它的复原力，也欣赏它在逆境中的乐观精神，它一直那么忠诚，那么善良（我对很多“人类”的评价都没这么高）。我意识到，我必须想出其他的喷水方法，因为小册子对喷水训练法的效果大加赞赏，我觉得这个策略会有用。

所以，我在杂货店买了一个小型喷瓶——一般用作植物喷雾瓶出售，但它的喷嘴可以调整，能喷雾，也能喷水，足够帮我完成任务。

卡罗尔似乎并不介意这个瓶子。

而且它好用得很。

我很快就开始使用了。但在此之前发生了一件事：我爸差点儿误杀了啵嘚。

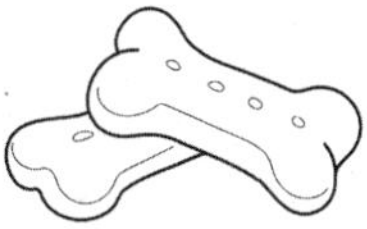

12

致命滑水

到目前为止，这本书讲的主要是我爸的生活哲学及其对我的影响——对我的负面的影响。的确非常负面的影响，负面到我觉得可能会毁掉我的生活。

就是这种程度的负面影响。

但在我记录这一切的过程中，啵嘚一直都在跟着读，甚至针对一些问题帮我做了校对，还提供了可靠的编辑建议，比如我要怎么给故事搭建稳固的结构，怎样清晰呈现出前因后果。对此我很感激，因为尽管我不太习惯这样，但我知道，他只是想让我和我的作品尽可能地变好——他还下载了一本关于语法的电子书，没事儿就看，好能随时告诉我谓语和双元音的区别，还有其他相关的写作技巧问题。

抱歉我要在这里中断，因为我们得查一下双元音（diphthong）是什么。它有很多定义，但最基础的定义是“两个元音作为整体出现时平滑过渡的复合元音”。所以这其实有些说不通，它跟谓语有什么关系呢？不过随后，啵嘚让我务必讲一个我们四年级时流行的笑话：如果你摇晃一罐字母汤会发生什么？——里面会发生元音移动[①]……这个笑话不太高明，我承认。但如果你只有 9 岁，你会笑得肚子疼的。（啵嘚现在也还是会因此而大笑。）

所以无论如何，啵嘚一直在阅读和校对这部作品，他还说他得——哎，原话是怎么说的来着？—— 哦，对，他想在故事中更显眼。

我向他提出，这个故事的主角其实不是他。我才是那个身穿粉色背带裤、头戴用打包绳固定的遮阳帽、在填满垃圾的垃圾箱里乱翻又在电视上名扬四海（这个词不错）的家伙。而且归根结底，奇葩的是我爸，而不是他爸。随后我进行了一次词汇检索，发现啵嘚这个名字在这本书里出现过很多次，确切地说，到目前为止有 133 个。

“但是，”他竖起一根手指进行反驳——由于他最近又决定成

---

① 字母汤，一种将面条做成字母形状的罐头食品。元音移动（vowel movement），此处作者使用了谐音梗，之所以好笑，是因为它跟 bowel movement（拉便便）发音很像。

为一个知名律师，所以他当然可以反驳——“你一边写，我一边读，我之所以提出不错的批评意见，为的就是不让你犯下严重错误。所以我觉得，如果能在你的作品里更显眼一些，对我来说会更公平，也很合理。”

他是我的好朋友，而且话都说到这份儿上了（也挺有说服力的），后面他还要继续对我的作品给予帮助，所以，好吧，接下来的主角就是他了，开始吧。

不过在此之前，我得先简单描述一下啵嘚，说说我对他的看法，还有他的行为举止。

他身上最突出的一点是，尽管他有各种各样疯狂、不靠谱的梦想，今天想成为这个，明天想成为那个，有些荒唐可笑、疯疯癫癫，但他都是认真的。

啵嘚有一种令人佩服的本事——这种本事同时又令人惊讶，时而令人恼火，还总是令人费解——他活在梦里，而且确信（相当确信）那些梦想都能实现。他坚定地相信自己的每一根汗毛、每一个细胞，相信自己能成为维京海盗 / 战斗机飞行员 / 律师 / 法官，而且不仅仅是“成为”，他还将是有史以来最好的维京海盗 / 战斗机飞行员 / 律师 / 法官，以及语言学教授 / 英语老师 / 带英伦范儿的法医学家兼侦探……这下你明白了吧。

他真的很了不起，虽然我不想承认这一点。

但是——

只要地球还在转动，就总会有一个“但是”。

但是——

他把这种确信、这种遐想的能力，延伸到了所有事情上。

他觉得自己在一切他下定决心要做（即便从没做过）的事情上都很有发言权，这种情况给我们各自的生活都带来了一些麻烦。他总是义正词严，所以他的言行能很轻易地迷惑别人，尤其是在他觉得我需要抛却烦恼的时候——哦，我的“烦恼”就是我爸。

他还说，夏天就要过去了，但他的愿望清单里还有一些事项没完成，得赶在开学之前把它们搞定。这样才公平。整个暑假，他一直都在听我念叨训练我爸的事儿；剩下的几个星期，我得配合他完成清单，做一架好僚机①。

但我没想到他会从字面含义理解我的意思。

他把我带到摩契森山，那是小镇南部的一处高地，对想玩悬挂式滑翔机的人来说，这里的海拔绝对够了。

看别人玩就很刺激了。本来我想的是，我俩会坐在山上打赌，看那些人能在滑翔机上待多久、飞多远，但啵嘚看得眼睛都直了，在我反应过来之前，他已经让一个玩滑翔机的人相信（如果你问我的话，他说服对方的过程简直易如反掌。我其实应该想到的，如果想参与一项涉及诸多保单和赔偿条款并且有生命危险的休闲活动，阿谀奉承的效果肯定没那么好），他，啵嘚，称得上悬挂式滑翔机专家，大

① 原文为 wingman，军事术语，原指空中编队中跟随长机执行任务的飞机，负责观察空中情况，保护长机，执行长机命令。引申到日常生活中，有助攻、辅助的意思。

家都是玩这个的，要是能让他“滑上一小下”，也没什么吧？

一小下——啵嘚是这么形容的。

呃……

但根本不是一下，距离也并不小。

那些人帮啵嘚把身体固定在滑翔机上，随后，他蹒跚着从山顶往下移动，滑翔机的重量压得他摇摇晃晃，像一只被抽了筋、断了骨的鸭子。借来的头盔太大了，在他脑袋上转着圈儿往下滑，最后完全把他的视线挡住。

我本来应该担心他的。但他显然对滑翔机一窍不通，所以我确信他根本就飞不起来，估计再过 20 秒，他就会扑倒在草地上摔个狗吃屎。

但是……

轻风骤起——这是啵嘚后来的形容——顺着山坡席卷而来，绕到两翼之下，瞬间把滑翔机托了起来，固定在上面的啵嘚在毫不知情的情况下跟着冲到了四五十英尺的高度。“可真是高。”啵嘚说他甚至感觉到了气压的变化，耳朵鼓胀，就像在飞机上一样。当时他以为自己会尿裤子。

其实事实没他说得那么生动。但我们还是接着说吧。

他像离弦的箭一样飞出去，浑身瘫软地挂在滑翔机上，我觉得我听到了他的尖叫声，但他死不承认。飞了将近 1 英里[①]后，

① 1 英里约为 1.61 千米。

他抵达了快乐牛仔马术场。那是个不错的小地方，大人会带自家小孩儿过来骑小矮马。

风力稳定了一阵儿，滑翔机也一直在……那啥，滑翔。尽管那个自称滑翔专家的家伙根本不知道自己在干什么。

但由于重力（自然界中的不可抗力——啵嘚非让我这么解释），他还是降落了，和起飞时一样突然。

他降落——准确地说，是像奥运会飞碟射击项目里的靶子那样“栽倒”——在一小片操场的中央，15 匹设得兰小矮马正在那里安静地吃草。

这里加入一条注释，好为后面的故事做铺垫：设得兰马体形矮小，甚至可以用可爱来形容，从视觉上看，你甚至可以把它们抱进怀里。但事实上，受到惊吓的设得兰马像垃圾场里的狗一样凶狠。而且，每一匹设得兰马——从该品种繁育史上的第一匹到最近的一匹，都有所谓的拿破仑情结：即便个子小，也要战斗，立刻战斗，冲进战场，奋力厮杀，无论敌人是谁。

一匹名叫克莱德的凶狠小兽率先发现了这只撞进自家地盘的彩色大鸟，在它的带领下，群马惊恐万分，紧张兮兮，准备在猎物身上尽情发泄属于纯种马的怒气。

它们冲向啵嘚和滑翔机，像是寻仇而来的野蛮人，只是它们长了四条腿。

这时候，东倒西歪的头盔仍然遮挡着啵嘚一半的视野，他匍匐前进——我觉得用“连滚带爬”更合适——终于逃离那群又小又凶猛的马。从栅栏底下爬出去之后，他瘫倒在地，如释重负。

“我当时，”我赶到的时候（那些玩滑翔机的人载了我一程，把我从起点带到农场，还塞给我一副双筒望远镜，好追踪啵嘚的飞行轨迹），啵嘚喘着粗气说，“突然很同情那些参与飞行高度实验的青蛙，没死掉的，我也同情。说真的，能活着我就很高兴了。”

他的悬挂式滑翔机飞行员职业理想经历了短暂的风光之后迅速夭折（趁那些人在马群里拯救滑翔机的时候，我俩赶紧溜走了），虽然他（或者说我俩）再也没提起这件事，但它仍会时不时地提醒我们，即便是在温和的夏日，在和风习习的和缓山坡上，怀揣着莱特兄弟一般的心愿，啵嘚也能闹出麻烦来。

他能平安渡过这次劫难全凭运气，单是那些设得兰小矮马就能让他一命呜呼。所以这就更奇怪了，因为最终差点儿要了他命的，居然是一件他切实知晓其中原理而且十分擅长的事物。

滑水运动。

此处有两点需要说明：

首先，虽然啵嘚他爸沉溺于日间葡萄酒和夜间葡萄酒的不同魅力，对电视上所有体育频道熟稔于心，也知道工作一天后缩在躺椅里有多舒服，但他还是带着全家去北边的湖区展开了一年一度的夏日假期。度假区里有各种各样的夏季活动，其中就包括滑水。啵嘚几乎每天都去湖上，由一艘速度相对较快的快艇拖着滑水。开快艇的是度假区里的工作人员，显然已经厌倦了这份无聊的工作。他的父母则懒洋洋地躺在泳池边。度假区被投诉怕了，所以警告所有工作人员不得做危险、疯狂的事，也就是说，他们只能带着滑水的游客在湖上缓慢地绕大圈。

尽管平淡枯燥，啵嘚还是积累了大量的滑水经验，有几分专业运动员的意思了。虽然不太会做跳跃、旋转等需要控制技巧的动作，但还是能借着船尾流的力量小幅度地来几下。除此之外，他确实十分熟练，算得上一个滑水能手。

第二件值得注意的事是，我爸帮人修好一辆老款福特 F-150，换来一艘玻璃钢快艇和一辆挂车。快艇配有一台他认为“意义重大”的舷外发动机，挂车可以挂到我们的皮卡后面。我之前提到过，我家就在一条河（哈雷摩托就是在这条河里歇菜的）的边上，离河岸大约 1/4 英里远。景色不怎么样——用啵嘚的话说，这里“算不上度假胜地”——河岸泥泞不堪，但确实是一片面积相当大的水域，我们之前的住户就在自家门前弄了一个小型码头。

我爸把快艇滑进河里，我们不得不用里面放着的两根艇桨手动划离码头，因为——接下来的信息很重要，请你务必留意——发动机不工作。

它甚至打不着火，咔嗒一声之后就回归平静了。

我回拖车房擦身上的水顺便换衣服的时候，我爸往他的工作间走去，一边走一边嘟囔着：“我想是燃油系统出了问题。”——这条信息更重要，能帮助你更好地理解这本书前面的内容。

一分钟后，我见他带着工具箱回到快艇上，眼里闪着光。我马上想起了碎木机、哈雷摩托还有他的嗜好——把燃油系统改造成接近核级别的强力装置。

但快艇在水里。我想。

水是很柔软的。我想。

应付水这么柔软的东西，即便出问题也不会很离谱吧？

我的天。

结果证明，一切与水接触的活动也会涉及关于速度的纯粹科学。在低速下，水确实很柔软，事实上，甚至可以用温柔或诱人来形容。

但是在高速下，事物会发生巨大变化，即便是时速二三十英里状态下产生的冲击力，也能让淡水产生一些类似硬质水泥的特性。

而且，你知道的，每次我爸钻研燃油系统的时候，都会大幅提升它们的动力。

这基本等同于速度的提升。

所以，几个小时后，相同的情况又一次出现。当时我骑了会儿卧式自行车，刚从外面回来，就听到我爸宣布发动机修好了，说它已经“像时钟一样咔嗒咔嗒地运转了”。

我没在码头那块儿，也没听到发动机像时钟还是别的什么东西那样发出的咔嗒声。但听到我爸说他把那个巨大的舷外发动机修好了的时候，我立刻打电话给啵嘚，想亲眼见识一下他的滑水技术。因为我敢肯定，他口中一年一度的英勇滑水事迹被相当程度地夸大了，所以——希望能得到水生动物们的原谅——我让他带上了滑水板和一根拖索，用这艘快艇进行首次尝试。

他是骑自行车来的，穿着泳裤和滑水背心，拖索搭在肩上，滑水板用晾衣绳绑在自行车后座上。

“我准备好了，”他说，“咱们把滑水板挂上吧。”

他一副很开心的样子，金色的阳光洒在他的金色头发上，映衬着他的灿烂笑容。我当时肯定也咧开嘴笑了。

我爸也笑容满面，就连卡罗尔都开心得扭了起来。

有时我会回想起当时的场景：我们怎么就那么信心满满，那么相信自己呢？地面上干燥又干净，安全又安宁，待在地上不好吗？

美好的时光总会过去。

我们把拖索绑在快艇后的横梁挂钩上，然后盘成圈，方便一会儿迅速放开。啵嗬坐在码头上，双手紧握拖索尾端的把手。

他坚持要从码头起步，他说他在湖区这样玩过很多次。

卡罗尔和我面向船尾坐着，我爸坐在船头的操纵台边。

我爸启动了发动机。

我之前从没仔细听过舷外发动机的声音，但那次我记得很清楚。我听到的不是预想中的咔嗒声，而是一种类似蒸汽机的噗噗声，一种深沉的嗡嗡声。声音在水面回荡，快艇跟着震动起来。我的胸腔也在共振。

我爸把操纵杆轻轻往前一推，船嘎吱着缓缓离开码头。我看着拖索一点点被拉动。拉到头的时候，我喊了声：“妥了！”我爸平稳提速，所有操作都如教科书一般完美。拖索绷紧了，啵嘚利落地离开码头，转瞬就站在了滑水板上，甚至还迅速地跟我们挥了挥手，意思是“一切顺利”。我伸手搂住卡罗尔，靠坐在座位上。

啵嘚的水上起步[①]动作完成得很漂亮。

从各个方面看，我们的行动都完美无瑕。

除了一点。

起初，发动机的表现很棒，但我刚才说过，它的声音听起来可不太高兴。它咳嗽着，咆哮着，就连我都能感觉到，它似乎并不想按照我爸要求的那样保持平缓、可控的移动速度，或者说一种适合滑水运动的速度。

我的大脑里响起警报。发动机对我爸的控速行为似乎有些不耐烦、不满足。

在临近河流中央的地方，快艇突然剧烈颠簸了一下，还发出一声凶猛的咆哮，震得我骨头差点儿散架，直犯恶心。随后，发动机加足马力，彻底摆脱束缚。

后来我们捋顺了事情的经过。我爸认为，这艘快艇起初之所以打不着火，是因为燃油输送系统受到了一定限制，导致打火箱无法工作。

然后，作为一个机械巫师，我爸“调整”了燃油输送系统。他

① 原文为 dry start，对应 deep-water start，是滑水运动的两种起步方式。前者在水面起步，后者需要身体没入水下起步。

的原话是“按需足量输送，燃烧所有可用燃料”。

所以，发动机变成了一只口干舌燥的猛兽，像要渴死了一般大口吞汽油，效果立竿见影，可怕的事情也立刻发生了。

排气管里喷出呲呲的蒸汽声，发动机疯了一般运转，随着一声尖锐的轰鸣，螺旋桨一头扎进水里，迸发出惊人的力量，好似一百万把铁锹一起铲下去的力道。

快艇几乎跳了起来，船头猛地朝上颠又迅速回落，水面上回荡着我们的尖叫声。一刹那间我看到啵嘚成功挺住了，他没被甩出去，但是滑水板像老式气垫船一般在空中飞了起来。我心想，啵嘚到底还是懂行的。这时候，船的咆哮声骤然变大，航行方向也突然改变，我爸被从方向盘那里甩到另一边。快艇开始在河中心疯狂地逆时针转圈，彻底失控。

再插一句。后来——很久以后了——我们搞清楚了，快艇的螺旋桨当时之所以疯狂工作，是因为动力过大而且来得很突然，螺旋桨便带动船体剧烈倾斜，开始绕圈。

那感觉就好像坐在水上游乐场里的某个旋转冲浪设施上。

因为突然的倾斜，我爸失去了对快艇的掌控，砰地撞在船体侧面。在离心力的作用下，他被锁在角落里动弹不得，像是长在了快艇上。我一手死抓着座椅，一手扯住卡罗尔的项圈，像是被狂风抽打的旗子。但这条河十分宽阔，有那么一刻，我以为我们还有时间和空间重新掌握主动权。

可我把啵嘚忘了。

他已经粗莽地闯进牛顿物理学领域，生动呈现了力对运动物体的影响。船体沿着逆时针方向飞速转圈，这时候，拴在拖索尽头的啵嘚向我们展示了向心力的概念——绷紧的绳子将他向内拉，让他不会在船飞速旋转的过程中飞出水面。

“一开始我还以为你们是故意的，”我们帮他把嘴里的泥巴清理出来的时候，啵嘚这样说道，“只是想让我玩点儿刺激的。然后我们又转了个圈，速度还越来越快了，快到我视线模糊，连河岸都看不清了。第三圈还是第四圈，要么就是第一百圈的时候，我觉得我就要达到终端速度了。我开始产生隧道视野[①]，隧道尽头有一束亮光。后来，我看到我死去的外祖父在亮光的地方向我招手，召唤我进入另一个生命维度，我这才意识到问题的严重性。所以我赶紧让自己清醒。我的意思是，他招手干吗？他根本就不喜欢我。”

他长吁一口气，吐了些泥巴出来，又继续说：“然后我就什么都不知道了。”

“你做了跳跃动作，”我告诉他，“像一块打水漂的石头。”

尽管我被颠得天翻地覆，被卡罗尔咬了，还被试图挣脱钳制力量的我爸踢中肚子，但我仍然留出了足够的注意力欣赏我最好的朋友飞跃水面的英姿，阳光仍然照在他的金色头发上，他四肢

① 身处隧道时因周边视觉丧失，中心视觉保留，产生的一种狭窄的圆形隧道状视野的现象。

扑腾，水面上的尖叫声越来越远……

“你的移动速度太快了。你做了跳跃动作，我觉得有四次。”我回忆着，强忍笑意，“很难数清楚，速度太快了。”

“我跳起来了？”

我点了点头。“第一次跳的时候，你的短裤和救生衣被扯掉了，后面你一直光着身子。”

他本来躺在岸边，然后站起来想看自己的裸体。但他的双眼依然被泥巴糊着，什么都看不到，接着便向后一倒。

“我裸着跳的？”

“没错。”我又点了点头，“滑水板把你拍到岸上了，像射箭一样。救生衣支离破碎，挂在你身上，但我们没找到你的短裤。这简直不可思议。我从没见过这种场面，电影里都没有。”

“我现在还是裸着的？”

“哦，也不完全是。”我安慰他说，“你身上糊了些泥巴。最后一次跳的时候，你一头撞进河堤上的泥潭里了，我爸当时还以为你被泥浆活埋了。上岸之后，我俩赶紧把你挖出来了。”

“裸着的？”他根本没听我说话，“就现在，河岸上，我是裸着的？”

“我爸说这简直有点儿《圣经》故事那意思了，你就像一个光溜溜的婴儿，刚从河里被解救出来。别担心，我可以借你一条时髦的粉色背带裤，你就穿它回家吧。”

随后我们陷入长久的沉默，周围只剩下卡罗尔使劲儿舔掉啵嘚身上泥巴的声音，还有远处传来的水鸟啾鸣。

最后，啵嘚叹了口气，用几不可闻的声音说道：

“你说什么？我刚才没听到。”

然后他的声音大了些。

“如果你们不介意的话，我今天不想再玩滑水了。”

果然是啵嘚。

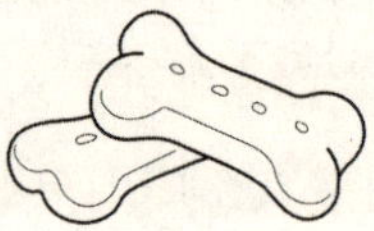

13

乐极生悲

滑水事故——啵嘚称其为“致命滑水”，这也是前一章的名字——之后，一切恢复如常。

因为这件事，这个夏天里发生的所有事好像都不值一提了——啵嘚就是这么说的。

“水是有硬度的。”水上冒险之后过了几天，啵嘚渐渐回忆起那天下午发生的事情，“我身上有几处瘀伤，在一些不该被撞到的地方。一开始是青色，后来变成紫色，现在变黄了，我觉得我很可能无法生育了。挺遗憾的，因为我将来肯定会是一个特棒的父亲，你应该也同意这一点。”

当时我们坐在河岸边一处有草的地方，卡罗尔也在，它已经把河流视为敌人，每隔一阵儿就会朝河水龇牙咧嘴地咆哮。

那会儿它正晒着太阳打盹儿，似乎做了一个关于奔跑的梦，身体一抽一抽的，还发出低沉的吼声。

“我好奇它梦到什么了。”我说。

啵嘚耸了耸肩，说：“可能是一只臭鼬，或者某种小型动物，反正很怕它，想从它身边逃开。它可是比特犬，就喜欢草丛里四处窜的小东西。这能召唤出它更原始的本能。”

我好奇啵嘚是怎么知道这回事的，又是从哪里学到“窜”这个字的。为什么他对捕猎体系这么了解呢？你总是能在他身上发现类似的小惊喜——有时也不小。

“说起四处‘窜’的东西——哦，顺便说一下，我说的‘窜’是指偷偷摸摸地乱跑——你爸怎么样了？”虽然啵嘚很崇拜我爸，但他也对一切实验性的东西深感好奇（你可以参考上一章，第 96—110 页）。

“我又开始做之前的事了。喷瓶好像有用，还不错。小册子里的下一步是所谓的‘愉悦禁闭’，就是把实验对象关在一个狭小空间里，只允许他出来洗漱、上厕所。我不太确定要怎么实现这一点。我是说，我不可能给他戴上项圈、拴上狗链吧？这种做法超出常理了……”

他想了一会儿，说道：“用皮卡。你可以把皮卡弄坏，让它没法启动。这样能一定程度上把他困在家里——远离甩卖会和二手商店。”

我摇了摇头，说：“或许有点儿用吧。但我们需要车，得开车去给猪和鸡买饲料。而且他那么擅长机械，我那点儿小把戏准难不倒他。”我叹了口气，“我觉得，目前我只能接受现状了。”

“卡罗尔不讨厌喷瓶吗？它之前可是把水枪咬了个稀巴烂。”

我陷入回忆，回顾了喷瓶训练的整个过程，以及第一次将它用作威慑道具时发生的事情。

这又让我想起一个新的难题。我在时尚这件事上遭遇着源源不断的噩梦，成不了外形亮眼的帅小伙儿了。快要开学了，在走廊上碰到佩吉的时候，我将会面临新的噩梦。

鞋子。

不知道为什么（但也没什么好奇怪的），鞋店和那家食品店的后门在同一条巷子里，而我爸乐于跳进他遇到的每一个垃圾箱。他发现，连锁鞋店会把不再流行或卖不出去的鞋子直接丢进垃圾箱。

然而——

然而啊！

为了防止被眼尖（且无耻）的人发现然后把这些免费的鞋子打包带走，进而破坏鞋店正常的供需链，鞋店员工会毁掉那些鞋，把一双中的一只锯成两半，然后才会丢掉。

“我们只需要……”我爸告诉我，“从没被锯坏的单只鞋子里找到能配成一对的，你就能拥有一双全新的网球鞋。即便配不出完全一样的，近似的也绝对没问题。一分钱都不用花，只需要费点儿力气。买的话，一双网球鞋可能得上百美元呢。咱们免费拿。简直完美。”

哦，上帝。我这样想——不是在咒骂，是真的想祈求上天的宽恕。除了粉色背带裤、大得像帐篷的迷彩T恤、男童内裤（后两者已经被改造成适合中等身材男孩的尺寸），现在又指望我穿一双根本配不成对的网球鞋。这是真事儿吗?

显然，这是实施喷瓶新方法的绝佳机会。这次我会小心谨慎，在最合适的时机执行计划。这个方法会奏效的。必须奏效。

那一天终于来了，我们去垃圾箱淘货。一开始我们在食品店后面的垃圾箱为我们——准确来说是为猪——储备日常所需的食物，然后我看到SP往鞋店那边的垃圾箱踱去。我紧随其后，顺便抬头看了看天。没阴天，也没有要下雨或下点儿别的什么的迹象，但天上还是零星散布着几朵云。也好，能为我接下来的训练做掩护。我盯着他，等待最完美的时机。当他抬手去碰垃圾箱盖的时候，我立刻朝他后脖颈子喷水，然后把喷瓶塞回裤兜里。背带裤的裤兜很大，我爸曾说过，这些兜很方便，几乎能把所有东西装（藏）在里面。

“你感觉到了吗？”他抬头望天，“下雨了吗？”

我点了点头，伸出手来，假装真的有雨滴在手上。“我觉得马上就要下起来了。”我抬头凝视着几近纯蓝的天空继续说，“还是走吧。万一下大了，车厢里那些东西可就完蛋了。”

上天保佑，我的计划奏效了。我爸点了点头，我们回到皮卡上，拉着猪食回家了。而且卡罗尔似乎也没有在意，它既没盯着我的右眼看，也没龇牙咧嘴地露出可怖笑容，大概是因为它很讨厌下雨。天气不好的时候，它总是会躲进浴室里。我成功掌握了小册子里的一门训练方法。皇天不负有心人。

或者，用啵嘚的话说：“现在，你的箭袋里又多了一支箭。但你得用得明智一些。”

通常情况下，最好不要在啵嘚的陈述句后面跟一个疑问句，因为他会滔滔不绝地回给你一大堆答案。但我当时沉浸在成功的喜悦中，忘了“谨慎即大勇”的道理。我问他：“什么意思？”

“常识罢了。只有在 SP—— 你是这么叫他的对吧？—— 一无所知的前提下，你的计划才能奏效。所以，你得不断变化方法，让他失去警惕，这样他才不会意识到你试图改变他行为的意图。你已经掌握了喷瓶法、DQ 冰激凌法，这些都能把他的注意力转移到其他无关事项上。或许你可以再试试皮卡破坏法，他修皮卡也需要时间对吧……所以你看，关键就在于，你得把这些方法混在一起用。你还可以胃痛一两回，吸鼻子装感冒——‘我感冒了，没法跟你一起去买东西’—— 哦，最好能再流点儿鼻涕，这样你就不用跟他出门了，你可以自己在家，享受足够的隐私。这些方法可能都会奏效，也可能只有部分奏效，但你务必注意一点，那就是找准时机，灵活变换，控制频率。一种方法不能重复太多次，得混合使用才行，这样 SP 就摸不清你的套路了……”他停下来喘了口气，而我趁机打断他。

“我一直都在写日记，记录我引导下的他的每一次强化行为，还有为了改变他的不当行为我所做的每一次尝试，这样就能跟踪事情发生的顺序，不会产生重复的情况。”我指出，“我的方法选择已经够随机的了。而且我把实验日记藏在了饲料间屋檐下面和墙壁相连的地方，用一块破木板压着。趁他不注意的时候，我就会拿出笔记记录已完成的事项。”

“还行吧，我觉得。”他皱起眉头，“不过有一点你得注意。你还记得吧，我一开始不太确定你这样做是否合理。你的爸爸，我们大多数人可都是求之不得的——但我也知道，你的时尚困境和社交难题也是他造成的，如果不改变他，你没法变帅。”

就在这时，一只淡水龟爬上了岸，看见我们之后，它可能意识到爬上岸来不太妥，赶紧掉头往河里爬。卡罗尔醒了，正好看到它匆匆窜过（啵式词语）泥地潜到水下，随即追了上去。不知道为什么，在河边住了这么久，也上过船，卡罗尔还是不能完全理解水是什么，它好像觉得自己可以在水下呼吸。它跟着淡水龟离开河岸，一往无前，入水的时候，它就像一艘长着尖牙和皮毛的小型潜水艇，最终完全没入水中。它浮不起来，像石头一样沉下去了，因为它身上没什么脂肪，只有比特犬特有的紧致肌肉。

淡水龟早没了踪影。我和啵嘚跳进河里，在浑浊的水里四处摸索，总算是触到了狗毛，把卡罗尔拖了出来。如果不是我俩，它可能会淹死。

“这惊人的专注力。”啵嘚说，“太惊人了。它都不打算浮上来喘口气，铁了心地想把那只淡水龟吞进肚子。卡罗尔给我们上了一课。”

以下是啵嘚加的旁注：如果你的比特犬在追逐淡水龟时沉入浑水里而你看不到它，它会需要你的帮助。你得把它带回干燥、氧气充足的陆地上。为了你的人身安全，保持附属物的完好无损，请对你的抓取方式和抓取对象保持谨慎。千万注意，比特犬的牙齿显然能够接触到你身体的任何一个部位。旁注结束。

我来补充一下：把卡罗尔救上来之后，我们俩轮流给对方贴了会儿创可贴。因为比特犬的威力太大，即便是一个警告性的“轻吻”，也能造成尖细的刺伤。

夏天马上就要结束了，新学期即将来临，所以从现在开始，我得采取更高效的方法训练 SP。为了贯彻我对正面强化原则的谨慎使用态度，同时与负面强化方法交替使用，我不停翻阅实验日记，也开始看到我爸日常生活方式切实发生的一些变化。我希望能在开学之前把他拉到一家真正的商店买些真正的衣服。我已经放弃了骑自行车上学的想法，试着说服自己“人靠衣装”。每天坐校车到学校的时候，如果能穿得好些，至少能帮我告别那极致的穷矬范儿。

连啵嘚都对我的努力表示了肯定。“我觉得 SP 已经不会在地毯上拉屎了。当然，这只是个隐喻。”我不敢相信，他居然用了“隐喻”这个词，然后我查了字典。“隐喻”的意思有很多，其中之一是“用一种事物比拟相似的另一事物”。这个隐喻倒也没什么不妥的。毕竟我爸从来没在地毯上拉过屎。

但啵嘚说得对，我爸确实已经变了。我努力了这么久，付出了那么多，可那件事发生的时候，我却差点儿错过了。

有一段时间，我家的鸡数量骤增，稳定在了 20 只到 30 只之间，每天都有无数鸡蛋要捡。我爸在车道尽头处立了块牌子，上面写着“物物交换，新鲜鸡蛋，农家散养，深色蛋黄”。但来的大多数人只想付钱买，所以很快，这些鸡蛋就帮我们进账了 60 多美元。

然后，我爸在我眼皮子底下径直走进一家如假包换的商店，给我买了几双新袜子，几件新 T 恤，几条牛仔裤。

我想，我成功了。

我终于能变帅一些了。

我承认，这些东西其实没什么大不了。但我确实拥有了它们，我的时尚灾难人生似乎终于出现一道裂缝，让我得以借由这个小小的开口迈向更加光明的未来。我很开心。

但我爸不开心。

倒不是他公开表示了不满或其他情绪。我一再感谢他给我买新衣服——措辞尽可能地积极，这有利于正面强化——而他只是微笑着点头说：“不客气。”

他的说话声很轻，几乎就像耳语。我看得出，我对用钱买东西这件事有多喜悦和激动，他就有多恼火。我在行为纠正实验中取得的成功令他感到不满，这有点儿出乎我的意料。因为小册子向我保证，持续、有效的训练能让主人和小狗都获得快乐。我们这件事理应得到一样的结果啊——儿子变帅，SP 则两眼一抹黑，完全不知道发生过什么。

我决定不想了，不理会这种别扭的感受。穿上合身的T恤，套上刚拆封的新袜子，牛仔裤上没写着“甜心小妹”之类的文字，也没那么多袋鼠育儿袋一般的大口袋——我沉浸在巨大的喜悦里。

现在，我已经改变了我爸，准备迎接新学期，也准备好以全新形象面对佩吉了。我认为，一切都将——也只能会——变得更好。

但我错了。

啵嘚批评我缺少一种长期聚焦于任务的决心。他说，我把我的成功看作理所应当，有些心猿意马。他的话不无道理——我承认，我是有点儿沾沾自喜，甚至有些自命不凡。我想说的是，我终于穿上了新袜子、新T恤、新裤子，它们不是二手的，不需要经历清洗和缩水的过程就已经很合身。面对这种程度的好事儿，你就没产生过哪怕一点儿飘飘然的心情吗？

暑假的倒数第二个周末，啵嘚听说那帮玩滑翔机的人又来那座山了。他想去看看——他发誓，这次就只是看看——所以我们骑上自行车（最近我甚至不讨厌我那辆“私人定制款”自行车了。抱歉，啵嘚非让我写上这句俏皮话）一路蹬过去，看那帮人玩滑翔机。起飞的时候，他们是真的能做到应付自如，不会被头盔遮住视线，降落的时候也不会吓到一群小矮马。

我们很早就到了，他们正在组装滑翔机，也有时间回答啵嘚的各种问题。我注意到，几个男男女女已经认出了我俩，刻意用身体制造出一道屏障，不让啵嘚碰滑翔机。而远处的马场里，设得兰小矮马们正挤在栅栏边，面向有滑翔机驶来的山坡方向，脑袋里可能在想，它们没准儿能给这些“巨型猎鸟”——或许是别的名字，谁知道它们的小脑袋瓜是怎么想的——再来上一次致命打击。如果你曾成功地改变过其他生物的行为方式，你就会开始留意人或动物对待事物的反应，便于自己在必要的时候提升训练技术。

结果，那是一个愉快的下午。啵嘚之所以没遇到麻烦，主要是因为那帮家伙把他从滑翔机旁边赶走了——用能量棒和运动饮料分散他的注意力。那天晚些时候我们俩骑上自行车，准备回家。我记得我们当时心情很好，轻松自在。

但从山顶下来之后，我们开始加速，山路变成柏油路，一直通往镇上的图书馆。这条路笔直又平坦，是一条很长的下坡道，所以即便你想减速（当然，啵嘚根本就没想减速），也不太可能减速。到达镇上的时候，我们俩的形象酷毙了，绝对酷毙了。我倚在躺椅改成的卧式自行车座上，体验风吹散头发的快感。当时我想的是，如果有一条下坡路能带我去向世界各地，我不介意就这么一直一直滑行下去。

我们即将抵达图书馆的拐角处，那里有一个急转弯，而且被榆树挡住了一部分视线。我猛一抬头，看到了佩吉。她骑着自行车，正准备离开图书馆。

就在我正前方。

如果我用潜艇望远镜看，她就是在十字准线处，不偏不倚。

该死的拐角。

我知道，如果我以当时的速度撞向她，她准会被我撞死，我可能也会死。随后，我自行车的无光黑色金属架会迸裂散落，灰粉色和苔藓绿相间的椅垫也会甩出去，糟蹋那里的风景。我还记得，当我一路疾驰，即将杀死或至少重伤自己和我心爱的女孩时，脑袋里想的是：最起码我死的时候穿的不是粉色背带裤。

然后我把自行车压倒了。

这是我唯一能做的。老实说，这其实改变不了什么，无法阻止那一切的发生。

我把车向左压过去，滑行了大约 20 英尺，勉强躲过佩吉自行车的后轮——我觉得我的脸可能蹭到她自行车的后轮了，因为我的嘴唇破了，鼻子也流了血——擦出一大片火花和灰尘，我的嘴里也冒出一些不可描述的脏话。据啵嘚说，是一些“很短但很好用，也很好描述的话”。

我恰好在佩吉身边停住，她也停下来，两脚叉开跨立在自行车上，居高临下地看着我。而我蜷在地上，四肢扭曲，一旁的自行车已经报废。脑海里闪过啵嘚在滑水事故中造成的身体瘀伤，我有些好奇，我此刻的样子是不是比当时的啵嘚更引人注目，因为客观来看，在高速之下，陆地上发生的撞击要比水里狠得多。

“你没事吧？”她问。

那时候我担心自己可能掉了几颗牙，皮肉可能一级擦伤，因为刚刚左半边屁股着地，嘴里也出血了。但我还是努力振作，向她微微点头，声音沙哑地说："还好。"

啵嘚说，我明显是在说谎，刚才的车祸火花四溅，我差点儿把自己烧了。

佩吉移开视线，挤出一丝微笑，又转向我说道："我在电视上看到过你。"

你当然看到过。我想，这样才完美呢。我在这里上演了一出自行车惨剧，浑身血污。这是我们第一次说话，而你之所以认出我，是因为我上过电视，在当下这个绝赞的时刻之前，那或许是我生命里最丢脸的一次。她当然在电视上看到过我。怎么会没看到呢?

"我觉得太酷了。"她又一次移开目光，然后又看向我，感叹道，"我是说你和你爸爸忠于自身信念的行为方式，不对环境造成破坏的生活方式。这太酷了，是善良、有责任感的体现。我们所有人都应该像你和你爸那样生活，卡尔。"她又停顿了一下，然后一只脚踩上自行车踏板，准备离开。"或许之后我们可以见一见，你多告诉我些具体的实施方法。哦，就是怎么正确地生活。"

她又笑了笑，挥了下手，随即骑车离开了。我目送她远去，或者说想要目送她，因为我的右眼迅速肿起来，眯成一条缝——很显然，我整张脸都蹭到了她的自行车后轮。但我感觉不到任何疼痛，即便嘴里正不停流着血。我俯下身，因为不想让血滴到新T恤上。幸好，我摔倒的时候T恤幸存下来了，完好无损。

“我从来没有，”啵嘚说，“真的一丁点儿都没想过会发生这种事。我是说，你莫名其妙地找到了一种方法，哪怕逊爆了，也能让女孩喜欢上你。只要把脸磕到马路上再流点儿血，然后，砰！约会就来了。谁能想到？说实在的，这是真的吗？而且她好像知道你的名字。这种事的概率能有多大？”

我心神恍惚地摸回家，心里依然在回味和佩吉的对话，虽然浑身是血，但即将到来的好事让我兴奋得头晕目眩，几近麻木。

不过，就在我走进拖车房的那一刻，意想不到的事情发生了。我爸坐在餐桌旁。

他发现了我的实验日记。

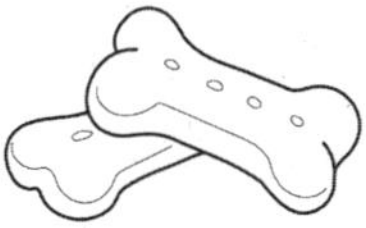

14

实验对象与好友对实验结果的评判

过去几周里，我在训练我爸这件事情上付出的努力似乎起了作用。这倒不是说他开始在网上疯狂购物，或是突然开始努力赚钱了。

但是——这是一个非常非常值得赞赏的“但是”——我纠正了他的一些糟糕行径，也从他的改进中获益。

他不仅没再做物物交换，或是去淘便宜货，而且终于以自愿的姿态走进商店，开始认真查看价格标签，了解商品值多少“哎塔资”—— 他之前对货币的定义，或者用啵喟的话来说——值几个铜板。我爸好像开始关心新事物了，开始研究怎么得到那些以往从来没用过或捡到过的东西。有一天下午他甚至这样说：“你知道的，皮卡太旧了，我们得正视一个问题——车载收音机确实不太能满足需求。或许我们可以把它卖掉，得来的钱用作买新车的首付。”

他开始关注报纸上的招聘广告，甚至上网——我简直不敢相信——找工作，一份真正意义上的、有真实收入的工作。他填了申请，接受了面试，开始去老奥斯卡垃圾场附近的一家车辆维修店上班。早上出门，下午下班回家，工资日结。呃，不过我爸还是我爸，他有底线。他的老板名叫威尔伯·奥基夫，奥基夫先生认为银行是魔鬼，所以他用现金支付我爸的工资，还满足了我爸对发动机改造的强烈需求，给他提供提升汽车燃油喷入系统性能的机会。不过，奥基夫先生的现金结算用的是硬币，我爸承认他喜欢这家公司和这份工作，他会把赚来的钱收在一个罐子里，放进壁橱，再毫不犹豫地把它们花掉。

即便他不开心——虽然我很开心，但我还是能发现他跟以往不太一样了——我也坚信，我对我们俩现在的情况感到很满意，而且假以时日，他也会和我站在同一条战线上，做回最初的自己。

在我看来，到此为止的一切都很好，而且将会越来越好。我一头撞进爱情里，跟佩吉聊了天，我心里清楚，我真的做到了，真正地扭转了局面。

只是后来，局面又变糟了。

一切都是因为一只该死的松鼠。大约一个月前，一只恶魔般的小红松鼠现身——如果你觉得接下来发生的事情是编造的，我不会怪你，因为我至今也不敢相信那是真的——开始偷我们的鸡蛋，然后带回它在工作间下面的窝里。当时我们没抓到现行，根本不知道鸡蛋哪儿去了。但最后还是破案了。一天晚上，夜幕降临之前，我爸看到它摇摇晃晃地奔跑着，手里笨拙地捧着一颗鸡蛋。鸡蛋失踪之谜揭开了：这只松鼠一直在晚上偷我们的蛋。

卡罗尔居然没赶在我们之前发现这件事，终止松鼠的偷盗行为。这有些出人意料。就凭它干掉并肢解臭鼬的细致劲儿，如果发现这只松鼠——这个偷它的鸡下的蛋还在暗夜里逃窜的小动物——它绝对能按照分子结构的大小把它撕碎，连骨头渣都不吐。

但这只松鼠很机灵，甚至可以说是狡猾。它不会在院子里随便溜达，除了工作间的一处安全地。为了保证饮食均衡，除了鸡蛋，它还会偷饲料。所有鸡饲料和猪饲料都被我们装在纸袋子里，堆放在工作间门后的墙边，门关上之后卡罗尔就进不去了，但一只瘦小的松鼠进得去。

虽然卡罗尔进不去，但我爸能进去。那天他进去了，小松鼠吓得魂飞魄散，惊慌失措地逃出鸡饲料袋子，跳到一个旧锯木架上，那里恰好离我爸站的地方很近，然后这只松鼠——简直疯了——跳到了我爸肩膀上。就这件事而言，以上是我知道的部分。

接下来的部分我就不知情了。随后，这只松鼠又来了一次弹跳，直接跳到屋顶椽子和墙连接的地方，或者说，它精准地跳到了我藏实验日记的地方。随后，日记掉在我爸面前。

我爸捡起那个小笔记本。

读了。

该死的松鼠。

那天本来特别棒，我先是看别人玩悬挂式滑翔机，接着和佩吉说上了话，还想明白一个问题——人活于世，不能自命不凡。但回家的时候，却见我爸坐在餐桌旁，旁边放着笔记本，对我说："我觉得我们该谈谈了。"

我惊慌失措，随即撒了个大谎："我不知道那是什么。"这真是一个令人五内俱焚、如坠地狱的糟糕谎言。

"噢。"他轻轻应了一声。

我愿意出 100 万美元换那声"噢"。我宁愿他从没那么说过。那声"噢"似乎源自他的灵魂，像是他内心深处的低语。

我都做了些什么啊？上帝，上帝，上帝啊——请聆听我的祈祷。我都做了些什么啊？

"我以为我能……那个……改变些什么。改变一点点就好。能让那些女孩看看我就好。呃……也不是所有女孩，就一个。"

"佩吉。"

"嗯，佩吉。"我肯定在实验日记里提到佩吉了。

"我本来不打算说的，但品质高尚的人不会把事情藏着掖着，假装什么也没发生。"

"你什么时候找到的？"

"几周前——因为那只松鼠，你知道吧。"

“所以你找了份工作，卖了那辆旧皮卡，还开始花钱买东西了？”

“嗯。”他的声音听起来很悲伤，“我之前不了解你的感受，总觉得你认同我们的生活方式……我一直以为你跟我想的一样。”

“起初确实一样。但后来不是了。”

“哦，好吧。至少现在我们敞开心扉了。”

他把笔记本递给我，转身离开拖车房，没再说什么。

我直接去找啵嘚询问意见。但他只是表现出了一丝丝的同情：“你得偿所愿了，但是——”

“但是什么？”

“但你转换了范式。”

“我又什么了啥？”

“你用一种突如其来的、令人不安的方式从根本上改变了一切。”

“说实话，现在的结果的确超出了我的预判。”

“你现在只能做一件事。”

“什么事？让我做什么都行。”

“你得重启系统。再次重启，在重启的基础上重启。”

“你再说得明白些。”

“你要做的，就是保留之前好的做法，维持当前获得的进步，再补充些高尚的品质——你爸欣赏品质高尚的人，他本人就是最好的例子——你们俩不能互相对立，得各退一步，携手并进，一同拥抱互利共赢的未来。”

“具体要怎么做？”

“细节你得自己琢磨。他是你爸。下周一开学，我们还有一整个周末解决这些问题，时间绰绰有余。”他好像比我感受到的更有信心。然后他跟我一起回了拖车房。

我爸坐在餐桌旁望着窗外，一边喝咖啡，一边抚摸卡罗尔。他脸上仍然挂着悲伤的神情，我的胃瞬间绷紧。但我还是深吸了一口气，开口说道：“有人想在暑假最后一个周末去车库甩卖会上换点儿好玩意儿吗？或者来上一次季末垃圾箱大搜索，淘点儿水果和蔬菜回来？”

他抬起头，看到站在门口的我，露出微笑。

一个“高品质”的微笑。

一个代表着原谅、理解和宽慰的微笑。

等等。

故事还没结束。我还有一些想法要讲给我爸听：帮老奥斯卡整理库存，在他的垃圾场（物资供应地）挖掘可利用的价值；开通一个社交平台频道，啵啰会拍些关于“如何正确生活”的视频上传进去，分享给那些对此感兴趣的孩子（比如佩吉）；跟食品店谈一谈减少浪费的事情，与其把食物扔掉，不如拿来堆肥；和鞋店商量一下，不要把款式过时的鞋子毁掉，可以捐赠出去；甚至可以帮助 CB 和普里迪打造一个本地的农夫市场，毕竟我们有取之不尽的鸡蛋和山羊奶；还有重写那本小册子——有的主意不错，有的不怎么样——考虑到之前的实验数据和切身体会，我们有信心做出些改进……

能提出优质创意的人并非只有我爸和啵嘚。

这下，故事真的结束了。

当然，我们的生活还在继续……